世界少年经典文学丛书

说话的橡树

[法]罗 佩 著

刘 玉 编译

中国出版集团 现代出版社

图书在版编目(CIP)数据

说话的橡树／(法)罗佩著；刘玉编译. —北京：现代出版社，2013.2
ISBN 978 – 7 – 5143 – 1412 – 0

Ⅰ．①说… Ⅱ．①罗… ②刘… Ⅲ．①童话 – 作品集 – 法国 – 近代
Ⅳ．①I565.88

中国版本图书馆 CIP 数据核字（2013）第 021758 号

作　　者	罗　佩
责任编辑	刘春荣
出版发行	现代出版社
通讯地址	北京市安定门外安华里 504 号
邮政编码	100011
电　　话	010 – 64267325　64245264（传真）
网　　址	www. xdcbs. com
电子邮箱	xiandai@ cnpitc. com. cn
印　　刷	三河市嵩川印刷有限公司
开　　本	700mm × 1000mm　1/16
印　　张	9
版　　次	2013 年 2 月第 1 版　2021 年 8 月第 3 次印刷
书　　号	ISBN 978 – 7 – 5143 – 1412 – 0
定　　价	29.80 元

序　言

　　孩子是未来的希望，是父母心中的天使，是充满快乐的精灵。小学阶段更是孩子最快乐的时光，是孩子成长发育的黄金阶段。为了让孩子学习更多的课外知识，享受更加丰富的学习乐趣，我们策划了本丛书！

　　从小让孩子多读课外书，对培养孩子健康的心态和正确的人生观无疑将起着非常重要的作用。自《语文课程标准》公布以来，不少富有敬业精神、有才干的教师，在他们的教学中，担当起阅读教育的重担。他们在严谨的选材中，利用丰富的文学资源，向学生推荐了大量优秀的课外读物，实施了以"练成阅读和作文的熟练技能"为重要内容的阅读教育。大千世界充满了丰富的知识。阅读能丰富小学生的语文知识，增强阅读能力，提高写作水平，开阔视野，增长智慧。阅读本丛书，能够使孩子享受到阅读的快乐，激发起更浓厚的阅读兴趣，孩子的生活将充满新的活力与幸福！本丛书精选了世界名著和中国经典书目中流传最广、影响最大、最脍炙人口的作品，是培养小学生理解能力、记忆能力、创造能力的最佳课外读物。

　　最后需要指出的是，本丛书把世界上流传甚广的经典童话、寓言等也尽收其中，并将这些文学作品重新编写审订，使作品在不影响原著的基础上更适合少年儿童阅读，在丰富他们课余生活的同时提高语言和文字表达能力。本丛书通过科学简明的体例、丰富精美的图片等有机结合，使小读者不仅能直观地领略作品的精髓，而且还能获得更为广阔的文化视野和愉快体验。希望本丛书能成为孩子生活的一缕阳光照亮孩子前进的道路，能成为一丝雨露滋润孩子纯净的心灵。

编　者

目　录

说话的橡树——为白友姑娘写

[法] 乔治·桑

很久很久以前，在塞尔纳林子里，长有一棵古老的、粗大的橡树，它大概有 500 岁。雷劈过它好几次，可每次它总是又重新长出枝叶来。它虽然遭受了许多摧残，可它仍然长得挺青翠、茂盛的。

关于这棵橡树，很早以前就有了坏名声。邻近村子里最年老的人都说，在他们年轻的时候，这棵橡树是会说话的，曾经吓唬过在它的树荫下停脚休息的人们。他们还说有两个旅行者在橡树下躲避雷雨时，都遭受了雷击。一个人立刻被雷劈死；而另外一个人及时跑开，不过也吓昏过去了。他能及时跑开，是因为他事先听见一个声音在警告他说：

"快点逃!"

这个故事太古老了，相信它的人已经不多了。这棵树的名字虽然仍叫做"说话的橡树"，不过牧羊人走过时，已经不怎么害怕它了。可是在经过爱米的奇怪遭遇以后，老橡树是妖怪的名声，就比从前传播得更远更快了。

爱米是一个贫穷而可怜的牧猪孩子，无父无母，伶仃孤苦，吃得差，穿得差，住得也差。贫穷逼迫他去牧猪，然而他又十分讨厌那些畜牲。因为那些畜牲相貌愚蠢，性情刁顽，他害怕它们，而它们也认为他不配做它们的主人。

爱米每天一大清早起身，就把猪群赶到林子里有橡树果实的地方。晚上又把猪领回村子里。他穿着一身破烂的衣服，光着脑袋，风把他的头发吹得竖了起来。他的苍白、瘦小、土色的小面孔，还带着愁闷、痛苦、惊恐的表情。他赶着一大群爱乱嚷乱叫、低着头斜着眼睛、总是在挑衅的畜牲，看起来实在可怜呀！在黎明的红雾中，看到他这样赶着猪群在阴冷的灌木林子里行走，大家都会把他当作荒野中被风雨追逐着的小鬼。

这个可怜的小牧猪孩儿，如果他也像我的小读者们一样，有大人照顾，穿得干干净净，整整齐齐，每天快乐幸福地过着日子，他也一定是一个漂亮、可爱的孩子。而他现在既不认识字，也不明白什么大道理，他只知道把他生活的必需品说出来，可是他胆量太小了，就算他缺什么，也不常说出口来。如果大家把他忘记了，也就算他自己倒霉吧！

有一天晚上，那群猪自己回到了猪圈里来，在晚餐时间，牧猪的爱米却还没有出现。大家都没有注意到这件事情，一直等到把萝卜汤喝完了以后，农家的老主妇才派了一个小孩去呼唤爱米。小孩子回来说爱米并没有在猪圈里，也没有在谷仓里，可他平日总是睡在仓里的干草上的。大家都以为他是去探望住在附近的姑母去了，于是各人都安心睡觉，再没有人想起他了。

第二天早上，有人到那位姑母家去，询问后才知道昨夜爱米并没有在那里，大家才奇怪起来。自从那晚以后，他就再也没有在村子里出现过。大家也到邻近的地方去探问过，可没有一个人看见过他。大家也到林子里去找过，可都找不着他。他们断定他是被野猪或者豺狼吃掉了。可是他们没有发现他的手棍，那支有短柄的牧猪杖，也没有发现他的那身破衣裳的碎布片，因此大家又断定他已离开本乡去过流浪生活了。农家主人说这算不上什么可惜，因为这个孩子没有丝毫用处，他既不爱护畜牲，也不知道如何使畜牲去爱他。

后来，农庄主雇了一个新的牧猪儿让他来接替爱米的工作，但是爱米的失踪吓坏了当地所有的孩子。有人说最后一次看见他的时候，他正朝说话的橡树那边走过去，毫无疑问，爱米就是在那里撞见了灾祸。新来的牧猪儿，很小心。他从不把猪群带到那个方向去，别的孩子们也不敢再去那里玩耍了。

你们一定要问爱米究竟怎样了吧？耐心听，我就要告诉你们。

话说爱米带着他的畜牲上林子里去时，远远望见在大橡树那边，有一丛正开着花的野蚕豆呢。你们都知道，小蚕豆或者野蚕豆都是要开花的。它要开密密匝匝的、玫瑰色的、美丽的蝴蝶花，后来结成你们都认得的核形豆荚。荚里核形的豆粒，有榧子那么大，味道带甜，还略微有些酸涩。贫穷的孩子把它当做美味的糖果，这是不用花钱去买的营养品，人爱吃它，猪也爱吃它，猪和孩子们常常争夺这种食物。有人说古代的隐士依靠草根生活，事实上他们的最精美食物，便是法兰西中部所产生的这一类豆荚。

爱米很清楚野蚕豆的豆荚还没有成熟，现在还不能吃，因为那时候正是初秋。可是他想好好记着豆荚生长的地方，心想等到花和茎都干枯的时候，再去那里采摘果实。他背后跟着一头又肥又壮的猪，它用鼻子使劲地掘起泥土，想要摧毁掉地面上的一切。爱米看见这头贪食的畜牲竟做出这种有害的行径，心里很着急，便举起他的牧杖，向这头畜牲的丑陋面孔上，狠狠打了一棍。因为棍子尖端上有一块小铁片，还是方才磨过的，于是微微地刺痛了猪的鼻子，这只猪就疯狂地大叫起来。你们知道这些畜牲是很知道互相帮助的，它们某种呼援求救的声音，会使得全体忿怒，大家合力起来攻击它们共同的敌人。很久以来，它们就讨厌爱米，因为爱米不但对它们不亲热，也不会恭维它们。现在它们聚集在一起向他奔过去，拼命地大嚷大叫，互相冲撞，把爱米围在正中，好像要把它吃掉似的。可怜的孩子抽身逃走了，它们就追赶上去。你们要知道，这些畜牲的动作，有时候可以快得令人吃惊。他仅仅来得及跑到大橡树脚下，抱着大树粗糙的树皮拼命向上爬，躲藏在高高的枝丫里。那群凶猛的猪全围在树下大叫、威胁，用力掘土，好像要把树掀倒一般。可是那会说话的橡树根深蒂固，对于那一群疯猪的骚扰，无动于衷。攻击者的队伍，也绝不放弃它们的目标，一直战斗到夕阳西下它们不得不撤退的时候，才决定自己回到村子里去。小爱米坚信他如果跟随猪群回村，在路上就会被它们吃掉。于是他打定了主意，永远都不回到村子里去了。

他很清楚那棵橡树是着了魔法的，可他害怕活人比害怕魔鬼还厉害一些。他一生下地就很贫穷还经常被鞭打，他的姑母对他很刻薄，强迫他去牧猪，可是他一看见猪就害怕得发抖。他从小就害怕猪，可姑母认为他怕猪是可耻的。他曾经恳求她把他收留下来让他和她生活在一起，可是她用一顿鞭子来回答了他。因此他更害怕她了，唯一的愿望就是到另外一个村子里去牧羊，也许那边的人对待他没有这么悭吝，也没有这么恶劣。

当那群猪走远了的时候，他最初感觉到摆脱了它们蛮横的叫嚣和威胁，真是快活得很呀！他决意留下来过夜。他褐色帆布口袋里还有一些吃剩的面包，当他被猪群围攻的时候，他顾不着吃东西，现在他吃掉了一半，留下另一半到第二天当早餐吃，至于以后呢，那只有靠上天的恩典了。

孩子们应该到处都可以睡觉，可是爱米却怎么也睡不着。他的身体本来就很瘦弱，又时常发烧，睡觉时老是做梦，精神很少能得到休息。他竭力坐稳在长有苔藓的两条大树枝当中。他很想睡觉，可是摇曳着树叶的、摇晃着树枝的风使他感到恐怖，使他想到鬼怪。他很清楚地听到一个又尖锐又生气的声音，对他说了好几遍：

"快走！赶快走开！"

爱米刚听到时吓得发抖，喉咙也锁紧了，话也说不出来；过了一会儿风又静了，橡树的声音同时也变温和了，好像一个慈母的声音在他耳边悄悄地说："走吧，爱米，走！"此时爱米才有勇气回答：

"橡树，我美丽的橡树，不要赶我走。如果我从树上下去，在黑夜里觅食的豺狼一定要吃掉我的。"

"走，爱米，走！"更加温柔一些的声音又说。

"我的善良的、会说话的橡树。"爱米恳求道，"不要把我扔进豺狼的嘴里。你救我脱离了猪群，你已经对我做了好事，请你再做个好事吧！我是个倒霉的穷孩子，我不能够、也不愿意做出什么会损害你的事情来，今夜请你留下我吧！如果你允许，就让我明天早上离开吧！"

那个声音不再响起了。月光洒照树叶，就好像镀上了白银。爱米心想他是被同意留在那里了，事实上也许是他在梦中听见了他认为听见了的话。他睡着了，奇怪的是他不再梦见什么，一觉就睡到了大天亮。他滑下树来，抖掉他那件破烂的衣服上的露珠。

"现在，"他对自己说，"我应该回到村子里去了。我要对姑母说，猪要吃掉我，所以我不得不爬上树在那儿睡了一夜。她也许会准许我寻找其他的工作。"

他吃完剩下的那一点儿面包，正要上路，心想他应该感谢日里和夜间保护过他的橡树才对。

"我的好橡树，再见了，谢谢你。"他吻着树皮说，"我不再害怕你了，我还会回来再向你道谢的。"

他穿过荒原，走向他姑母的茅屋，忽然听见农人的花园的土墙背后，有人正在讲话。

"这样看来，"一个孩子说，"既然我们的牧猪儿抛弃了他的猪群，而且在他姑母家里也再也找不着他，那么他是不会回来了。这个没有良心的懒虫，我一定要用木鞋痛打他一顿，好报复他今天使我来代替他，害我整天在田里陪着一群畜牲。"

"牧猪儿，你以为怎样啊？"另外一个孩子又说。

"在我这个年龄，牧猪真是一种羞耻，"先前说话的那个孩子说道，"牧猪对于一个10岁的孩子，就像爱米那样的傻小子，还算合适；可是我已有12岁了，我完全可以牧牛了，至少我可以牧小牛了。"

这两个孩子的谈话被他们的父亲打断了。

"赶快走，"父亲说，"快去做工！至于那个倒霉的牧猪儿，如果他已经被狼吃掉了，就只能算他倒霉。如果他还活着而且被我捉住，我一定要打死他。哪怕他向他姑母求救，也是枉然的，因为那个女人已经叫他和猪睡在一起。我一定要使他明白自己不应该骄傲和偷懒的。"

爱米被这一番威胁的话吓呆了，再也不敢出声，连忙钻进麦草堆里藏了起来，藏了整整一天。晚上，一只山羊在走回羊圈的中途，停下来舔吮一种叫不出名的青草，使他有机会挤出山羊的奶。他一边挤，一边喝，整整喝了两三小木碗的奶，才又躲进了草堆里，在那里一直等到天黑。

当夜色漆黑，大家都睡熟了后，他才溜进他住宿的谷仓里去，拿走属于他自己的几件东西和几枚银元。这是他的工钱，前一天农人付给他的，他的姑母还没有时间来抢走。一张山羊皮和一张绵羊皮，这是他用来过冬的；一把新的小刀，还有一只小土罐，几件十分破烂的换洗衣服。他把这些东西全装进口袋里，然后溜到了院子里去，接着越过篱栅，轻脚轻手，没弄出任何声音地走了。可当他经过猪圈附近的时候，那些可恶的、该诅咒的畜牲像是嗅着他的气味或听见他了，又忿怒地嚎叫起来。爱米害怕农人们醒来，于是立马背起他的行李，抽身便跑，一口气就跑到说话的橡树下面才停下来。

"我的好朋友，你看我又回来了呢，"他对橡树说。"请允许我在你的枝丫上再过一夜，请告诉我你是愿意的吧！"

橡树没有回答。空气很是平静，一片树叶也没有晃动。爱米认为橡树没有说话，便是默许他了。虽然他背着很多的东西，还是很灵巧地又爬到他前夜睡觉的大树枝那里去了，在那里他又酣畅地睡着了。

等到天亮时，他想找到一个合适的地方来收藏他的行李和银元，因为他还没有想好，要怎样做才能不被别人看见，不被别人强迫带回村子去，使他能够平安地离开这个地方。他朝更高的树枝爬了上去，他在主干上发现了一个黝黑的洞穴，是许多年前雷劈开的一个大窟窿，后来树皮又生长合拢，便形成了一个圆形的大洞。在这秘密的洞穴里，还有以前因雷劈而遗留下来的灰烬和细小的木屑呢！

"真的，"孩子对自己说，"这是一张柔和而温暖的床，我睡在里面，就不怕在做梦的时候会跌落下去了。这张床虽然不算大，可是对我尽够用了。我先来仔细瞧瞧，看是不是有什么野兽抢先住在这里了。"

于是他把这安身地的内部仔细检查了一遍，发现这洞穴是从上面穿下来的，因此在下雨的时候，洞穴里就不免会有些潮湿。他想，这很容易办，只要找些苔藓塞住洞口就行了。一只雌猫头鹰早已经在这通道里筑起了它的巢穴。

"我不会打搅你，"爱米说，"可是我要把这儿的交通给断绝了，这样，我们就各人住在各自的家里了。"

当他把自己的巢弄好，预备在晚上过夜，并且把行李安排妥当以后，他就坐在他的洞穴里，两只腿悬在洞外，踏在一根树枝上，开始茫然地思考他是不是可能在一棵树上面生活。他希望这棵树生长的位置是树林的中心，而不在林子的边沿上，免得时常到那里牧羊牧猪的人见到他。可是他没有想到自从他失踪以后，大家都害怕这棵树，没有人敢再接近它了。

爱米肚子饿了。他的胃口虽然很小，但他前一天却没有好好吃过东西。他走到几步以外那个他曾经留下记号的、还是青色的野蚕豆那里去，到底是把它们拔出土呢，还是走到林子深处那个有板栗树的地方去呢？

当他正要溜到树下去的时候，他才看见他放脚的那条树枝并不属于那棵大橡树。那其实是旁边一棵大树把它美丽壮大的枝丫交叉到说话的橡树的枝丫里去了。爱米冒险踏上这树枝，便攀到旁边的一棵橡树上去了。就是这样，他又跨到了第三棵较容易达到的树上。爱米的身体轻巧得简直像一只松鼠，从这棵树跨到了那棵树，一直跨到结满栗子的栗树上边。他采摘了很多栗子。栗子还很小，都没有完全成熟，可惜他不能等到它们成熟了。他跳下地来，找到了一个很隐秘很僻静的地方，还是从前有人烧过炭的地方，去把他的栗子煮熟。被火烧过的周围又长满了幼树，还留下了许多没有烧尽的小木屑。爱米毫不费力气地就把焦木集成一堆，用石头在他的刀背上一敲，就发出了许多火星，再用干树叶收取这些火星，火就升起来了。林子里毫不缺少干枯的树枝，所以他把火烧得很旺。他再到一条水沟边把他的土罐子装满了水，罐盖的上面有口，把栗子放进罐子里，很快地就煮熟了。这个地方，每个牧羊人都是有这样的罐子的。

爱米一向在离村子很远的地方，牧猪只在晚间才能回去，习惯了在野外自己弄东西吃，他常常在林间的荆棘里，很轻松地找到野生的桑椹和覆盆子做些点心。

"看，"他想。"我已找到我的餐厅和厨房了。"

他想尽办法使他附近的一股泉水变得干净。他用牧杖把腐草拨开，挖出一个小坑来储水，再堵住流水在黏土上形成的细流，最后让水从小石子和砂子当中滤过，变成清洁饮料。这工作使他忙碌一整天，直到日落之后，他才拿起他的罐子和牧杖，再爬到他已考验过的结实的树枝上去，他再摸索着他的松鼠一样的途径，在林子里又爬又跳的，从一棵树攀到另外一棵树，回到他的老橡树的穴里。

他把一大把干透了的苔藓和羊齿草带到树上，然后放在弄干净了的洞穴里，做他的床褥。他只听见他的邻居，那只雌猫头鹰，很不放心地在他的头上不停抱怨。

"又不是它搬家，"他想，"便是它习惯这样住下来。好橡树不是它独有的，正如它不是我独享的一样。"

爱米过惯了孤独的生活，一点也没觉得烦闷。有好多天里，他还觉得摆脱了猪仔的烦扰，真是一种幸福。他已经习惯了豺狼的嚎叫声，他还知道豺狼只在树林的深处游荡，很少走到他所在的这边林子里来。猪群羊群也不会到这里来，村里的农人更不敢走进来了。爱米慢慢地了解了这些野兽的习性。白天在森林里，他从来没有撞见过野兽；只有在白天起雾的时候，它们才会鼓起勇气出来，可是这勇气也不是很大。它们有时候会远远地跟着爱米，但是当他一回转身来，在牧杖的铁片上用他的刀一敲，然后发出像猎人放枪的响声，就能把它们吓跑了。至于野猪，爱米虽然有时能听见它们的叫声，却从来都没有见过它们的影子。这是些神秘的动物，是从来都不会主动地进攻的。

　　收获栗子的季节终于到来了，他赶忙储备了足够多的粮食，把大量栗子储藏在离他的老橡树不远的空树干里；但是田鼠和老鼠总是不断地来抢夺他的储藏，使他不得不把栗子埋进砂土里面，一直保存到第二年的春天。可事实上爱米早已经有吃不完的粮食了。荒原总是那样的寂静，在黑夜里，他冒着危险到耕地上去挖些洋芋和红萝卜，可是这都是偷窃的行为，是他非常不愿意去做的。他在休耕地上捡来了许多野蚕豆，并且在荆棘上拾来很多牧马遗落下的尾毛，他用心地搓成绳索，用它来捕捉百灵鸟。牧猪人知道如何利用一切东西，什么都不会放过的。爱米在篱笆上荆棘上拣得足够多的羊毛破毯，做成了一个枕头；并且不久他又一次创造了一根纺竿和一个纺锤，一个人纺起线来。他把围在地上的铁丝磨成一根铁针，用它来编织。编好绳索之后，他再拿来制成捕兔的罗网。他终于做到有袜子能穿，有兔肉可以吃了。他慢慢地变成了一个最有经验的猎人，日夜侦查着禽兽的生活习惯，弄清楚了森林里和荒原上一切神秘的事情。他每次布置陷阱捕捉野兽的时候，总是十拿九稳能捉到的，因此他过着十分富有的生活。

　　他甚至还有面包能吃。有一个傻女乞丐，每个星期总要从橡树脚下走过，每次走过，总会把背上的口袋放下来再休息一会儿。爱米边窥视着她边从树上溜了下来，头上盖着一张山羊皮，捧着打死了的一头野物，用来换取她的面包。即使她害怕他，她的害怕也只隐藏在了一阵傻笑里，她同意这种交换，并且绝不懊悔。

　　他就这样过了一个冬季，一个十分舒适的冬季。可夏季来到了，不但很热，又是多雷雨的天气。起初，爱米很害怕打雷，因为附近的大树都已经被雷劈开过好几次了。他注意到了说话的橡树的梢头，很久以前曾被雷劈过，新生的树梢像伞一样的形状，应该不会触电了，不会像更高的尖锥形状的树那样容易触电了。因此他终于在雷声隆隆电光闪闪之中安睡，如同他的邻居雌猫头鹰那样的没有忧虑。

　　在这样的孤独里，爱米为了谋生活，并保护自己，忙个不停，简直没

有任何时间去寻找烦恼。人家可以把他看成一个自管自的不正常的人。他
自己也很清楚,他独自生活在树林里比留在村子里还要艰难。可是这种孤
独的生活比起一般的生活,更容易培养智慧、预见和勇敢的本领。并且,
当这种特殊的生活变得随心所欲,只需要不多的劳力和不多的时间的时
候,他才开始思虑,觉得他那颗小心灵经常向他发出一些讨厌的问题。他
是不是可以永远这样生活在林子里,和人类不发生任何关系呢?可是他对
那个傻卡底西,那个他用许多兔子和一串串的百灵鸟和她交换面包的老妇
人,已经产生了一些友谊。因为她很少讲话,也没有记忆,所以没有把她
和他交往的经过告诉别人。他终于不用蒙着面去见她,她也不再怕他了。
当她看见他从树上溜下来的时候,她呆傻的笑脸上表现出一种快乐的表
情。爱米惊异于他自己也分享了这种快乐,虽然他不承认有这种快乐,可
是感到一个活着的人在他面前,也不管那人是如何的堕落,对于命中注定
要孤独生活的人,总是一种恩惠。有一天,他觉得她并没有往常那样傻,
他尝试着和她说话,并且问她住在哪里。她忽然停止了傻笑,用一种又严
肃又明白的语气对他说:

"孩子,你愿意跟我走吗?"

"去哪里?"

"我家里,如果你愿意做我的儿子的话,我可以使你既有钱又幸福。"

爱米听到老卡底西讲得这样清楚,这样有条有理,十分惊奇。好奇心
使他开始有点相信她的话,但是一阵风吹来晃动了他头上的枝叶,他听得
老橡树对他说:

"不要去!"

"晚安,您好好走,"他对老妇人说,"我的树不想我离开它。"

"你的树一定是一个大傻瓜,"她再说。"还是说你是一个大傻瓜吧,
你是大傻瓜,所以才会相信树会讲话的。"

"你真以为树不会讲话吗?你弄错了!"

"所有树叶被风吹动的时候,都会说话的,只是不知道它们自己讲了

些什么；这就和它们没有讲什么是一样了。"

爱米听见她竟这样去解释奇迹，非常是生气，他回答卡底西：

"老婆婆，你在胡说！就算所有的树都像你说的那样，至少我的橡树明白它心中所想的和它口中所说出的话。"

老妇人耸了耸她的肩头，拾起她的口袋，一边走，一边又发出她的傻笑。

爱米问自己，她是故意装傻的吧，还是有些时候她才是清醒呢？他让她走了，可是又暗暗地跟着她，从一棵树的后面溜到了另一棵树的后面，她并没有发觉。她走得很慢，弯着背，头向前倾，嘴唇半开，眼睛注视着前方。可是疲倦并不能阻止她继续前进，她总是不慌不忙，不快不慢地向前走，整整用了三个钟头才穿过森林，走到了一个可怜的小村庄。那村庄孤立在山坡上，后面就是一望无际的树林。爱米看见老妇人走进一间孤零零的肮脏的小屋子里去了。在那附近还有十几间简陋的民房，看起来虽然不怎么破败，实际上还是个贫民窟。当他走到树林边便不敢再朝前走，转身回去，才明白卡底西果真有一个家，但比起说话的橡树的洞穴来，更丑陋，更可怜。

一直到天快黑的时候，他才爬到大橡树上回到他的住宿处。虽然这时候他疲倦得要命，可是还是很高兴回到自己的家里来了。就这次旅行使他明白了林子的面积有多大，靠近林子的村庄就有多远；不过卡底西的村子竟比爱米从小长到大的塞尔纳村还要糟糕得多。在这个荒凉的地区，没有丝毫耕地的迹象，他所能望见的稀少的牲畜也都在房舍周围吃草，枯瘦得像皮包骨头一样。至于稍远的地方，他只能看见黑森森的树林，所以在这个方向上，他不会找着比他家乡更好的环境了。

在那个星期的最后一天，卡底西又按照往常一样的时间来了。她从塞尔纳村来，他向她询问姑母的消息，并想从这个老妇人的话里，知道她是不是足够清醒，如前次一样明白地回答他。意想不到的是她很有条理地说：

"那个大纳南特又嫁人了。如果你再回到她的家里去,她肯定会弄死你的,免得你去拖累她。"

"你是在认真地讲话吗?"爱米说,"你对我说的都是真话吗?"

"我对你说的是真话。你不是回到你的主人家里去,和猪仔生活在一起,就是同我一起去找面包吃,这样会比你料想的还要好些。你不可能永久地生活在林子里,这林子已经被卖了,无疑的,这些老树要被砍掉了,你的好橡树也会像别的树一样要砍掉的。好孩子,听我的话,不管我们生活在哪里,都应该挣钱。陪同我去,你可以帮助我赚很多的钱,我死了以后,我会把我所有的财产都留给你。"

爱米听到这个傻妇人讲得这样有条有理,感到十分惊讶。他抬头望了望他的大树,竖起耳朵认真去听,好像在征求它的建议。

"不要再去麻烦那块老木头了吧?"卡底西又说。"不要发傻了,随我去吧!"

由于橡树没有回答,爱米跟着那个老女人走了。在路上,她把她的秘密泄露给了他:

"我出生的地方离这里很远,我不但和你一样的贫穷,而且也是一个可怜的孤儿。我是在悲伤和打骂当中成长的。我也牧过猪,完全和你一样,我也害怕它们。而且后来,我也像你一样逃走了;但是当我从一座腐朽的桥过河去的时候,我失足跌下河里去了。等有人把我从水里捞起来的时候,我已经半死不活了。他们把我送到一位好医生那里去,我被救活过来;可是却变成了傻子,耳朵也聋了,差不多不会讲话了。医生好心,把我收留下来,可是他没有钱,地方上的教士就为我募化周济,太太们送给我酒食、衣服以及我所需要的一切东西。我被大家照顾得很好,很快就恢复了健康!我每天吃好肉,喝好酒。冬天房内又生有火炉,我像一位公主那样生活着,医生也很满意,他说:

"瞧,她已经可以听见别人对她讲的话了,她已经能够说话来表达意思了。等再过两三个月,她就能做工了,能够诚实地去自己谋生活了。"

"所有漂亮的太太都会争着要雇用我。

"所以当我恢复健康以后，我都不知道要做哪件事情才好，可是我一直不爱工作，因此大家也就不喜欢我。我本来想做一个内室的侍女，可是我既不会缝纫，也不会梳头；别人叫我去井边打水和拔掉鸡鸭的羽毛，可是我讨厌那样的工作。后来我索性独自逃走了，以为别的地方总要比这儿好些，可是实际上还要差些。大家都把我当做懒惰、肮脏的人。我的那位老医生早死了。我从这家跑到那家，被人到处赶走。从前大家都把我当做心爱的孩子，可现在我不得不离开那个地方了。去时和来时一样，依旧是一个讨面包的叫化子。事实上，我比从前更凄惨了，因为我已经养成了好吃懒做的习惯，可如今别人只施舍我那么少的东西，我感到简直在挨饿。大家都觉得像我这样有健康的身体、鲜红的面貌的人，不应该做乞丐。于是他们对我说：

"'大懒鬼，快去做工吧！像你这样大的年纪，每天到田里去捡石子，都可以一天赚六个铜子，老是在路上跑，真不害臊!'"

"于是，我开始假装成跛子，使人相信我是个残废人，不能够工作；可是大家看出我是有气力的，不应该游手好闲，什么事都不做。于是我回想起，从前当我是一个傻子的时候，大家都可怜同情我。我知道怎么样能装出那时候的那一副表情，我用冷笑来代替说话，我把这个角色扮演得那样巧妙，于是面包和铜钱又像雨点一样，重新落进我的口袋里来。就这样，我生活了40多年，竟从来没有遭受到善人的拒绝。那些没有钱给我的，就给我水果、乳酪和面包。有时候面包多到让我背都背不起。于是我把吃不完的面包用来养鸡，然后把养肥了的鸡拿到市场上去卖，这样我就赚了很多的钱。在我要带你去的那个村子里，我有一所好房子。那地方是贫苦的，可是居民过得却不很贫苦。大家都是残废的乞丐，至少是假装成残废的乞丐，大家约好每天每人去个地方，那天别的人就不上那里去。于是每个人都按照自己的意愿，做了有利的生意，可是他们却没有人比我做得好，因为我装得比他们更像一个不能自谋生活的人。"

"真的，"爱米回答，"我从来都没有想过你这样会讲话。"

"对了，对了，"卡底西又微笑着说，"你扮成妖魔鬼怪豺狼从树上跳下来抢面包，你本来想骗我吓我。可我早就认出你来了，我一面假装害怕，一面对自己说：'这个可怜的孩子终有一天要到猬林村里来的，会快乐地来喝我的汤的。'"

爱米和卡底西就这样闲谈着，不觉已经走到猬林村里了；就是这个装疯卖傻的聪明妇人所住的村子，是爱米早就望见过的。

在这愁闷的村子里一个人影也看不见。畜牲没有人照料，在地上任意吃草，村子里肥沃的耕地也不过是遍地长满了野草的荒原。污泥充塞、肮脏龌龊的路径，就是村里的街道。所有的房屋都发出恶心的臭味，破烂的换洗衣服都晒在家禽弄脏了的荆棘上面，腐烂的茅草屋顶上生长着荨麻。一片赤裸裸的荒废景象，故意假装的贫穷的模样，这一切都引起习惯了青翠和芬芳的树林的爱米的厌恶。他跟着老卡底西走进她的茅屋，从房子的外表来看，倒更像一个猪圈，根本不像一所能住人的房屋。可是房子的内部却是完全两样：墙上装着草荐，床上铺着上好的羊毛褥子和被盖。屋内还储藏着丰富的食物：面粉、腌肉、水果、蔬菜、成桶的酒，有的酒瓶甚至还是用蜡密封的。这屋子里可真算得应有尽有了，在屋后的院子里，鸡笼里挤满了肥壮的家禽，麸皮和面包使肥鸭的脖子都胀粗了。

"现在你看，"卡底西对爱米说，"我比你的姑母更富有，每个星期她都周济我，可是只要我愿意的话，我可以穿好衣服，比她的好看得多。你想要看看我橱里面的东西吗？快跟我进来吧，你应该饿了，我给你做顿晚餐，一定都是你有生以来从没有吃过的。"

真的，当爱米正在观赏称赞橱里的东西的时候，那老妇人开始生起火来，从她背囊里取出一只山羊的头，她混和着各种各样的残肉烹调起来，毫不吝惜地加上盐、臭奶酪和她那一天乞讨来的各种蔬菜。她就这样做出一遍我叫不出名字的菜肴，爱米吃着，惊异多于快乐。接着她强迫他喝了半瓶蓝色的酒。他从前从来没有喝过酒，虽然他并不感到好喝，可是他仍然喝了下去。那老妇人为了做一个榜样给他看，自己喝了整整一瓶，喝得醉醺醺的，滔滔不绝地说出她的秘密来。她夸耀自己偷盗的本领比乞讨的本领还要高强，甚至把她的钱袋都掏出来炫耀。她把这口袋藏在灶内的一块石板底下，袋里装着各个朝代的、有帝王肖像的金币，加起来总共有2000多法郎。爱米还不识数，所以没能像女乞丐那样欣赏她的财富。

当她把一切的东西都炫耀给他看了以后，她对他说：

"现在，我想你不会离开我了吧！我需要一个孩子，如果你愿意一直侍候我，我就让你做我的继承人。"

"谢谢你，"孩子回答，"可我不愿意做乞丐。"

"也好，那么，你帮我偷东西吧！"

爱米很想发脾气，但是老妇人马上转了话题，说第二天带他去莫维尔市赶集，明天那里有一个盛会。因为爱米想多认识一些地方，好在那些地方真诚地谋取生活，所以他没有把忿怒表现出来，只回答说：

"我不懂得偷盗，我从来都没有学过。"

"你在撒谎，"卡底西说，"你以前在塞尔纳林子里总是很灵巧地偷果子和野物。你难道以为那些东西不是别人的财富吗？你不知道，一个不做工的人，不去偷盗别人，他能生存吗？一直以来，那林子看起来是没有人照管。其实林子是属于一位发大财的老头儿的，只因为他年老不能管事，才放任那林子让人任意采樵。可现在他死了，情形已改变了。你不能再像一只老鼠那样，藏在橡树的洞穴里了。不然别人会掐住你的脖子，把你丢进监狱的。"

"嗯，那么，"爱米又问，"你为什么要让我去为你偷盗呢？"

"因为，一个人学会了偷盗之后，就不会被人捉住了。你好好想想吧；现在已经不早了，明天早上还要赶集，我们必须和太阳一同起身。我就在我的柜子上为你安置一张床，一张被盖有褥子的好床。这将是你有生第一次像一位王子那么安睡呢。"

爱米不敢拒绝。在那个老卡底西不装傻的时候，在她的容貌和声音里，都有一种恐怖的因素。他躺了下去，起初感觉十分舒适；可是过了一会儿，他惊讶发现自己生了重病。那厚厚的褥子使他透不过气来，那厨房的臭气、被盖、他喝了许多酒而产生的酒味、不流动的空气，都使他发起烧来。他惊恐地爬起身，想到门外去睡觉，并且对自己说，如果今天在房里过一夜，他一定会闷死的。

可是卡底西的鼾声好像打雷一样，门已经关严了，堵上了。爱米只好直挺挺地躺在桌子上，想念他那橡树上的、苔藓铺成的床。

第二天早上，卡底西把一篮子鸡蛋和六只母鸡交给爱米，叫他拿到市场上去卖，让他远远地跟着她，还装作不认识她的样子。

"如果别人知道我有东西可卖，"她对他说，"他们就不会布施我了。"

她为他定下了一个最低价钱，并且叮嘱说，她总是瞟着他的，如果他不老实地把卖得的钱全数交给她，她也自有办法强迫他交出来。

"如果你不相信我，"受了侮辱的爱米回答说，"你自己拿东西去卖，直接让我走路吧。"

"你休想逃走，"那老妇人说，"不管你逃到哪，我都能够找到你。不要狡辩，得服从我。"

他照她吩咐的那样，远远地跟着她，走了一会儿，他看到路旁全是乞丐，而且一个比一个可怕。他们都是猬林村的居民，那一天一起走向那神秘的泉水，成群结队去表演治病的奇迹。他们不是残废，便是全身盖着使人恶心的伤疤。他们从泉水里一洗了澡出来，立刻变成健康的而且心情愉快的人了。其实这奇迹并不难解释，因为他们之前的痛苦都是假装的，过几个星期又再扮演一次，到下次赶集的日子，又重新医治好了。

爱米卖完了鸡蛋和母鸡，把银钱赶快交给那个老妇人，转过背去，便混进人群里，睁大了眼睛，对于一切都感到惊奇和赞叹。他看见一群变戏法的人表演着惊人的把戏，他盯着他们耀眼的紧身衣，金光闪闪的头饰，真不想离开那里。忽然，他听见身旁有人在进行奇怪的谈话。这正是那卡底西的声音和马戏班主人的嘶哑的声音。他们在商量一桩买卖。而他们离他很近，仅仅隔了一层当作帐幕的帆布。

"如果你拿酒给他喝，"卡底西说，"你就可以叫他去做你命令他做的事。这真是一个蠢孩子，对于我毫无用处，他一个人在树林里，在一棵树上已经住了一年。他像一只小猴子一样轻快灵巧，体重不比一只小羊儿更重，你完全可以教他翻最难翻的跟斗。"

"你是说他不爱钱吗？"马戏班主人问道。

"一点都不爱，他不关心金钱。你只需给他吃饱，他不会向你要其他什么的。"

"但是他会逃跑。"

"呸！使用你的拳头，他就会听你的话。"

"快去找他来，我要看看他。"

"你答应给我 20 法郎吗？"

"是的，如果我中意的话。"

卡底西从帐幕里走出来，面对面地就撞见了爱米，她向他做了示意他过去的手势。

"不，"他对她说，"我听见你们的对话了。我并不像你说的那样蠢，我可不愿和那些人一道去受骂挨打。"

"可是，你一定要去，"卡底西一面回答，一面伸出钢铁一般的手腕死死抓住他，把他拖到了帐幕里。

"我不干，我不干！"孩子一面叫喊着抵抗，一面用另外一只自由的手，抓住他身旁一个看戏的人的衣服。

那人转过身来，跟卡底西讲话，问这个孩子是否是她的儿子。

"不，"爱米叫道，"她不是我的母亲，我和她没有丝毫关系，她就为了一枚金币，想把我卖给演戏的人！"

"你自己呢，不愿意吗？"

"不，我不愿意！请把我从她的魔爪里救出来吧，瞧！她把我抓出血了。"

"这女人和这孩子在吵闹什么呀?"一个叫做埃朗伯尔的帅气的警察问道,因为他注意到卡底西的咒骂和爱米的叫喊了。

"啊!没什么,"被爱米拽着衣服不放的那个乡下人说。"这穷妇人想把这个孩子卖给那踩绳索的人。我一定会阻止他们的,警察先生,你不必操心。"

"老百姓总是需要警察的,朋友,我要了解这里的情况。"

他同时向爱米说:

"小伙子,你来讲吧,把事情的经过跟我说个明白。"

老卡底西看见警察来了就放了爱米,想抽身溜走,但是那权威的埃朗伯尔已经捉住了她的胳膊,于是她立刻怪模怪样地笑了起来,又戴上了她假呆假痴的面具。爱米正要回答,她向他使了一个哀恳的、充满了恐惧的眼色。爱米生来就是害怕警察的,他想,如果他控诉了那个老妇人,埃朗伯尔将会用他腰间的大刀砍掉她的脑袋。他不觉对她怜悯起来,于是回答说:

"放了她吧,先生,这是一个又疯又傻的老婆子。她的确恐吓我,但是其实她没有意思陷害我。"

"你认识她吗?她不正是卡底西吗?她不是一个故意装疯的女人吗?快把真话告诉我。"

女乞丐又递过来一个眼色,为了要救她的性命,爱米有了撒谎的勇气:

"我认识她,"他说,"可这是一个无罪的人。"

"我终究会认出真假来的,"帅气的警察释放了卡底西,并说。"卡底西,傻老妇人,走吧。可是记好,很久以前,我就盯上你了。"

卡底西逃了,警察也无奈地走开了。

相比老妇人,爱米更害怕警察,总是抓住万桑老爹的衣服不肯放手。万桑就是碰巧也在那里保护了他的那个乡下人的名字,他有一张快乐的、温和的、善良的面孔。

"嗯，孩子，"这个好人对爱米说，"你总该放手了吧？你也不用害怕什么了，你是不是还要我做什么呢？你要找工作吗？你需要一文钱吗？"

"不，谢谢，"爱米说，"现在，我害怕这里的所有人。我孤独一人，不知道往哪一个方向走才好。"

"你想到哪里去呢？"

"我要经过猥林村，回到我的塞尔纳森林里。"

"你住在塞尔纳吗？容易了，我带你去。因为我也正好要到那个林子里去，你跟着我走就行了。我先到树荫下去吃饭，你在这个十字架下面等着我，我呆会就回来找你。"

爱米觉得这村子里的十字架离戏班的帐幕还是太近了，他宁愿跟着万桑老爹到树荫下面去。而且在重新上路以前，他也很有必要吃一点东西。

"如果我留在你的身边，你没有感到是一种耻辱的话，"孩子对他说，"请你允许我在你身边吃完我自己的干酪和面包。我有钱买我自己的食物。看，这是我的钱袋，你拿去付我们两人的账吧！因为我想请你吃一顿饭。"

"见鬼！"万桑老爹笑着叫道，"你真是个又诚实又慷慨的孩子。我的肚子空空如也了，你的钱袋也不算鼓。来，坐在那里吧。好好收起你的钱，孩子，我有足够的钱，能付两个人的账。"

两人在一同进餐的时候，万桑叫爱米叙述了整个的故事。最后，他对孩子说：

"我看你既聪明又善良，因为你既不愿意接受卡底西的金币的诱惑，又不愿意把她送进监狱里面去。忘记她吧！既然你在那里生活得很好，不要再离开你的林子。只要你愿意，在那里你就不会孤独地生活了。实话告诉你：我要到那里去预备二十几个工人的住处，因为我们要去砍伐塞尔纳和拉·蒲朗舍特当中的再生林。"

"啊！你要砍伐林子吗？"惊惶失措的爱米问。

"不！我们只在林子的另一端，是和你的说话的橡树的处所不相干的地方，砍伐一些野树。我知道人们不会在现在，也不会在以后，去老树区砍伐的。你可以放心。别人不会打扰你的；可是，如果你相信我的话，孩子，你来和我们一起做工吧——用镰刀和斧头工作。虽然你还没有那么大的力气，但是如果你灵巧的话，打结子、打柴捆那一类杂碎差事，都用得着你。工人们总需要一个小孩子为他们跑腿、送送食物。我承办砍伐这个业务，工人们都是按件付薪的，就是说我给他们的工资，是由他们所做的工作的多少来决定的。我建议你仔细考虑后告诉我，我该给你多少工钱才合理，我希望你来做工。老卡底西说得对，一个人如果不愿意工作，就只好去做乞丐或者小偷儿。既然你不愿意做小偷儿，又不愿意做乞丐，那么，赶快接受我给你的工作吧，机会难得啊！"

爱米很快乐地接受了工作，他对万桑老爹绝对地信任。他愿意听老爹的差遣，于是他们一齐踏上回林子的道路。

他们到那里时，天色已经黑了。虽然万桑老爹很熟悉道路，但是要在黑暗里找到那个小小的角落，还是十分困难的。幸而爱米习惯了在夜里像猫儿那样观看，所以他找到最短的路径，把老爹领到了目的地。他们找到了前夜到来的工人已经预备好的住处。这些板屋是用带着枝叶的松树枝搭成的，上面盖着大片的苔藓和草皮。老爹向工人们介绍爱米，大家都很喜欢他。他喝了热乎乎的汤，睡得异常酣熟。

第二天他开始学习生火、洗罐、煮饭、打水，剩下的时间就帮助盖另一所板屋，给快要到来的20多个樵夫居住。指挥和监督工作的万桑老爹，惊异于爱米的智慧、灵巧和敏捷。爱米不但努力学习，而且还运用巧妙的方法学习。大家都说他不是一个小孩子，而是被树林里的神灵使唤的小鬼。爱米不但很勤勉，有才干，还很服从和谦逊。大家都很喜爱他，连最粗暴的樵夫也很温和地同他讲话，谨慎地去吩咐他。

五天以后，爱米请求万桑老爹，问是不是可以让他回到他愿意去的地方，去度过他的星期天。

"当然可以，"这个好人爽快地回答。"但是，如果你相信我的话，你应该回去看看你的姑母和你村子里的人。虽然你的姑母不愿意再收留你，她却会很高兴知道你能够不靠她而自谋生活。如果你觉得庄上的人会因为你丢下猪群而殴打你，我就同你一道去，说服他们并且保护你。孩子，一定要记住：工作是最好的保证，工作可以洗净所有的污点。"

爱米很感谢他这番宝贵的教诲，并且跟随他去了。姑母以为爱米早死了，突然看见他活着回来，十分恐惧。但是他并没有把他的奇遇告诉她，只说他和樵夫们一起工作，不会再拖累她了。万桑老爹向她证实了孩子的话，并且说他很器重爱米，把他当做自己的儿子一样。万桑在庄子上又这样说了一番，庄上的农人都请他们又喝又吃。那大南勒特姑母还在众人的面前抱吻爱米，为表示心意，又送了他一些破旧衣服和五六块干酪。总之，这次爱米和老樵夫的到来，让大家重归于好，一切的误会也都消除了。

当他们回来经过荒原的时候，爱米对万桑老爹说：

"如果我要到我的橡树那里去过一夜，你会不会责怪我？只不过我一定会在日出以前回到小丘来的。"

"随便你吧，"樵夫回答，"可你真的打算像鸟儿那样睡在树枝上吗？"

爱米让万桑了解到他对老橡树实在有一种深厚的友谊。万桑含笑听着，起初有点惊讶，最终了解了，并且相信了。他跟着他去了那儿，想去看看这藏身的所在。万桑老爹很费劲才爬到这么高的地方去。这老人的身体又灵活又健壮，不过树枝当中的通路对他来说实在是太狭窄了。只有爱米才能从缝隙里轻松溜过去。

"很好，很有趣，"这位好人从树上溜下来说，"但是你不可能在那上面一直住下去。树皮在不断地生长，终久要把这个裂口长满的，而你自己呢，也远不像一根草那样瘦小。将来如果你需要的话，我们可以用一把刀把这裂口劈大一点。如果你希望那样，我可以给你办好这件事。"

"啊，不！"爱米叫道，"劈我的橡树，一定会把它弄死的！"

"它不会死的！在一棵树生病的地方，加以修剪，只会使它生长得更好。"

"好吧，这以后再说吧。"爱米回答道。

他们彼此道了晚安，就分手了。

爱米重新回到他栖息的树枝上去是多么的快乐呀！他觉得自己离开那里似乎有一年那么久了。他回想起在卡底西家里过的那可怕的一夜。他把人们兴趣的不同和习惯的差异，做了一个正确的比较。他想起猬林村里的那些坏人，他们全都把金币藏在草褥里，以为自己是有钱的人，而实际上却每天在耻辱和腐朽中去乞讨而生活。至于他个人，没有做过乞丐，一年多以来就睡在一座用绿叶建成的宫殿里，嗅着金铃子和紫罗兰的芬芳，聆听着百灵鸟和夜莺的歌声，不为物质烦恼，也不受他人侮辱，没有疾病，没有争夺，内心里既不虚伪也没有邪恶。

"猬林村的所有人，得先从卡底西说起，"他对自己说，"他们藏起来的金币，足够用来建筑舒适的小房屋，布置漂亮的花园，畜养肥美而干净的家禽。但是懒惰阻止了他们去享受他们能享受的东西，却让自己生活在耻辱里并不断地腐化。他们反而以自己造成的轻蔑和厌恶为骄傲，他们讥笑对他们心生怜悯的好心人，他们偷盗真正的穷人，那些经常受苦而绝不抱怨的人们。表面上生活在极端的贫困里，暗地里却计算着自己的金银，那是怎样悲惨、疯狂、羞耻的生活啊。万桑老爹说得对极了：只有通过自己的劳动，才能净化和保持生活上的快乐！"

在太阳出来前一小时，爱米惊醒过来，因为他一直警戒着自己不要睡过了。他观望四周，迟升的月亮还没有落下去，鸟儿也还没有开始歌唱，猫头鹰仍在夜里巡视，还未归巢。静寂的辰光是美妙的，其实林子里很少有静寂的辰光，因为总有些动物在攀援，总有些枝叶或果子在坠落。爱米在这美妙的寂静里，仿佛喝了一服清凉剂，又回忆起赶集那天的会场上快把耳朵都要震聋了的喧嚣声，马戏班大鼓的咚咚声，买卖双方的恼人的争吵声，受惊扰的动物的嗥叫声，还有醉汉嘶哑的歌声，一切使人惊异、恐怖的响声，把它们和林子里轻轻的、庄严的声音比较一下，它们之间有着多么大的差异呀！一阵微风伴随着黎明吹来，使树梢和谐地颤动起来。橡树好像在说：

"安静吧，小爱米；满意吧，小爱米。"

"所有的树都能说话。"卡底西曾经这样对他说过。

"这的确是真的，"他想，"它们都有它们特有的语言和叹息、歌唱的方式。但是根据那个凶恶的老妇人说，它们却不知道自己说些了什么。她在撒谎，树是真诚地在诉说、在欢唱。她不能够了解它们，是因为她心里只想得到邪恶的东西。"

爱米上工很准时，他整个夏季在那里工作，又接着工作了整个冬季。在每个星期六的晚上，他总回去睡在橡树的枝丫上。星期天去塞尔纳村做一个短暂的拜访，然后再回到他树上的栖息处，一直待到星期一的早上。他长高了，但依旧像从前那样瘦小，他总是很整洁，有一副可爱、灵敏的面孔，使得大家都很喜欢他。万桑老爹教他识字和计算，大家都夸他聪明。他的姑母没有孩子，现都想把他留在自己的身旁，为她添些光彩和多挣些钱。因为爱米很懂事，在一般问题上都有正确的看法。

不过爱米真正喜爱的只是林子。只有在那里，他才可以听见、看见许多别人听不出、看不见的东西。在漫长的冬夜里，他特别喜欢松树，积雪沿着黑色的细枝丫，描绘出雪白而美丽的形状。雪花软软地躺在那里，有时在微风中荡漾、颤巍巍地，好像彼此在进行神秘的交谈。这些美丽的形体，似乎都在酣睡一样。他带着崇敬而恐惧的心情望着周围的景物，他害怕由于自己发出一丁点的声音，做出的一些小小的动作，会惊醒黑夜里静寂的美丽仙子。在晴夜投有月光的时候，星星闪烁着钻石般的眼睛，在这缥缈的情境里，他以为自己看清了这些魂魄的形态，甚至看到了她们衣裳的褶皱，银发的波纹。到了快融雪的季节，她们改变了自己的形态和姿势，他听见她们从枝上落下来，带着既清新又柔软的声音，一接触到雪白的地毡，便轻轻地跳起，好像要飞向其他地方去似的。

当冰雪封锁了小溪时，他必须得打破坚冰取水，他总是小心地不损毁溪涧上的水晶般的建筑。他喜欢沿着林间的小径，去观望朝霞映出虹彩的钟乳和薄霜雕成的环佩。

在某些寒夜，落叶树木的完美组合，在映有红霞的天幕上，或者在被明月照亮的灿烂背景上，绣出了美丽的花边。一到夏季，在树丛中又举行着多么热闹的虫鸟合奏的音乐会啊！他和那些专吃巢里小鸟和鸟蛋的黄鼠狼和老鼠，不断地斗争着。他做好弓和箭，去射杀那些可恶的老鼠和毒蛇，而且每次都是百发百中。但他却饶恕了那些美丽而无害的、在苔藓上儒雅地蜿蜒着的水蛇，还有那些只吃松子、能灵巧地剥出松仁的松鼠。

他很好地保护着他的老橡树居处周围的生物。大家彼此熟悉，他在它们中间自由活动。他明白黄莺感谢他救了它巢内的小鸟，所以特地为他歌唱最美的曲调。他不允许蚂蚁在他附近修巢筑穴，却同意啄木鸟在林子里工作，以便它找出伤害树木的害虫。他驱逐蝶蛹，不让它们在叶子上栖息。他对贪食的金龟子丝毫没有留下情面。每个星期天，他却给他亲爱的橡树进行一次彻底的清洗。真的，从来都没有一棵橡树像它这样健康，生长这样鲜明、这么茂盛的青枝绿叶。爱米挑出最壮实的橡子，把它们播种在附近的荒原上，他特别关心新长成的幼苗，不让别的菟丝子和灌木阻碍它们的生长。

他和野兔十分亲密，不愿猎取它们。他在树上看见它们在蛇胆草上蹦蹦跳跳，好像疲乏的狗那样，直接侧着身子躺在地上睡觉，忽然间，他听见一片枯叶掉落在地上的声响，立刻就带着很滑稽的姿态跳了起来，一下子又静止不动，好像在受惊以后又去细想一番。大热天，当他走累了，特别需要小睡一会儿的时候，他看见大树就爬上去，选择一块他睡觉的地方，他听着树丫用它们单调而又安抚的嘘嘘低语声来伴他入眠。但是他最喜欢的睡觉地方，还是他那棵老橡树；只有在那儿，他睡得最甜最熟。

可是在那砍伐工作完成的时候，他就不得不离开那亲爱的树林了。爱米跟着万桑老爹去了猬林村边五里外的地方，在另外一个地方经营另一次砍伐工作。

　　自从赶集那天以后，爱米再也没有转回到这个可恶的地方来，也再没有看见过卡底西。她死了吗？还是她关进监牢里去了？没有人知道。许多乞丐都是这样，没有人知道他们的下落可他们就不见了。既不会有人寻找他们，也不会有人怀念他们。

　　爱米的心是很善良的。他并没有忘记从前在他最孤寂的日子里，那呆傻的穷妇人每个星期都到他的橡树下面来，给他带来他所缺乏且想念的面包，并且使他听到人类的语言。他跟万桑老爹说他想去探访她的决定，于是他们在猬林村停下来去访问了一下。这天正好又是这个神秘的地方举行盛会的日子。大家都在碰杯喝酒，敲打着罐子高声唱歌。有两个没有戴帽子的女人，头发在风中飘荡，正在一家门前打架。孩子们在脏兮兮的泥沼里打滚。他们一看见这两个旅行人，就立刻像一群野鸭那样，飞开了。他们这样奔逃的举动，惊扰了居民。声音一齐停止下来，门也一齐关上。受到了惊吓的家禽也都躲到灌木林里去了。

　　"这些人不愿意别人看见他们玩游戏，"万桑老爹说，"既然你知道卡底西住的地方，就让我们一直向那里走吧。"

　　他们敲了好几次门，总是没有应声。最后才有一个嘶哑的嗓子叫道："进来！"他们这才推门进去。瘦削、苍白、可怕的卡底西，无力地坐在火边的一张大椅子上，她干枯的手紧贴在膝头上。她认出了爱米，脸上随即露出了一种欢乐的神情。

　　"究竟，"她说，"你还是来了。我可以安静地死去了！"

　　她告诉他们她已经瘫痪了。她早上起床，晚间睡觉，甚至按时进餐，都要靠邻人来帮助她。

　　"我什么都不缺乏，"她说，"但是我很伤心。我担心我可怜的金钱，就埋在我搁脚的这块石板底下。这些钱我决定都留给爱米，他是个好心的孩子，在我想把他卖给坏人时，是他救了我，使我没有被关进监牢。但是，等我一断了气，我的邻人们就会涌进来，到处搜索，一定会找着我的宝贝。也因为这个，他们现在才能心甘情愿地照顾我，可是这事使我睡不着。爱米，你该把钱都拿去，拿到一个离这里很远的地方去。如果我死了，你就留着它，我已经送给你了。以前我不是已经这样对你说过吗？要是我恢复了健康，你再给我送回来。你很诚实，我相信你。它们终会是你的，但是我喜欢一直看它，数它，直到我生命的最后的一分钟，那对我一直是一种快乐。"

爱米起初拒绝接受这钱。他是厌恶这样偷来的钱的；但是万桑老爹答应了替卡底西保管，等她想要回去就还给她。如果她死了，不能拿回去了，他便以爱米的名义，把这笔钱储存起来。万桑老爹在当地是一位众所周知的正直的人，他的钱都是诚实赚来的。到处流浪、了解一切新闻的卡底西，自然知道他是可以信任的。她请来他把她的板屋门锁得紧紧地，然后把她的坐椅推到后面去，因为她无法行动，也搬不开火炉旁边那块石板。那里面的钱，比第一次她给爱米看的时候又多了许多。共有五个皮袋，总计约有5000金法郎。她只想从那里面留下300银法郎，来支付邻人的照顾费和她自己的埋葬费。

看到爱米用轻蔑的眼光瞧着这些宝贝，卡底西就对他说：

"将来你便会知道，贫穷是一个多么可怕的灾祸。如果我没有生长在这个灾祸里，我便做不出我所做过的事情。"

"只要你忏悔了，"万桑老爹对她说，"上天就会饶恕你的。"

"从我瘫痪以来，"她回答，"我便后悔了，因为我将在忧愁和孤寂当中死去。我不喜欢邻人，正如他们不喜欢我一样。我时常在想，我应该重新做人。"

爱米答应再来看她，并且告诉她说他将跟随万桑老爹去做另一件工作。他虽然很想念塞尔纳的树林，但是他有责任在身，也更愿意忠实履行他的责任。八天以后，他又回来看卡底西。他来的时候，正遇见他们把她的棺材放到一匹驴拖的小车上去。爱米跟着丧车去了教区的墓地，他参加了她的葬礼。回来的时候，大家都在抢夺她家里的东西，为着谁该拥有她的破布，而打得头破血流。这时他才庆幸早已经把这老妇人的宝藏带走了，没有让它落入这些坏人的手里。

当他回到伐木林去时，万桑老爹对他说：

"你太年轻，还不知如何保存这些金银。你也不会支配它，也许还会让别人偷去。如果你愿意我做你的监护人，我就替你把它好好地储蓄起来，等到你成年的那一天，我连本带息一并交还给你。"

"就照你喜欢的去做吧，"爱米回答，"我把它们交给你。可是，既然像那老妇人所说的，这都是偷来的钱财，最好还是把它们归还给原来的主人，你说这样好吗？"

"还给谁呢？这是她一文一文地偷来的，是那妇人靠用欺骗的手段到处得到布施所得，我们无法知道这些东西是属于谁的，而且也没有人来索还。金钱本身是没有罪过的，可耻的是那些把它拿去做不正当的事。卡底西本来是一个弃儿，她没有家，更没有继承人。她把她的钱财交给你，不是因为你做了一些好事，而是感谢你宽恕了她要对你做的恶事。我觉得这是你心安理得承受的财产，而且老妇人把它送给你，这也是她一生所做的唯一善行。我不愿瞒你，你只需用你所收的利息，你就不用做工了。但是，如果你是像我认为的那样的好人，你还是应该继续努力工作，好像你并没有什么财富一样。"

"我一定遵照你的教诲去做，"爱米回答。"我只请求能同你继续住在一起，好时刻遵循你的教导。"

这个好孩子爱慕、信任他的老师，也认为自己做得不错。万桑老爹把他当作自己的儿子，他对爱米实在像一个慈祥的父亲。当爱米长大成人后，他和这位老樵夫的一个孙女儿结了婚，即使他没有动用他的本钱，可每年的利息累积起来，对于那时候的农人来说，也能算是十分富裕了。他的妻子美丽、善良、勇敢。在整个地方上，大家都赞美和羡慕这对青年人组合成的新家庭。因为爱米已经拥有了相当多的学问，他在处世上也表现得很聪明，因此塞尔纳林子的业主选他来总管森林，并为他在说话的橡树附近，也就是老树林深处的最美丽的地方，修筑了一所漂亮的房子。

万桑老爹的预言很快就被证实了。爱米已经长得太大，以致不能再躺在他从前的住处里了。橡树也已经长了很多的皮层，那个小房间也差不多快合拢来了。当爱米年老后，看见裂口处快要完全封闭时，他在一块铜板上用钢针刻上自己的姓名，以及他在树上栖息的年岁，和他主要的生活的经历，最后再附着这样的祷词：

"山间的风和天上的火啊，请饶了我的朋友老橡树吧。让它还能看见我的孙子和重孙长大。和我聊过天的老橡树啊，你有时也跟他们说一句好话，好让他们爱你如同我爱你一样深。"

爱米把这块刻了字的铜牌放进了他在那里睡过觉做过梦的洞里。

最后这缝隙完全合拢了。爱米他的生命也结束了，可是树依旧活着。只是它不再说话了，即使它说话，也再没有哪只人间的耳朵能够听懂得它的意思了。大家都不再害怕它，可是爱米的故事早已传播开了。前人留下来的感人回忆，使这棵橡树永远受人尊敬，被人祈福。

灰尘仙女

[法] 乔治·桑

　　亲爱的孩子们，在我还年轻的很久以前，听说人们经常抱怨一个令人讨厌的小老太婆。你别把她从门里赶出去，她又会从窗户里偷偷溜进来。她的身体是那么微小，以致人们说她不是用腿走路，而是在空中飘浮。我的亲人们把她比作一个小仙女。可佣人们最不喜欢她了，他们用鸡毛掸子把她掸走。可是那也只不过是给她搬搬家，她从这儿消失又在那儿出现了。

　　她一直穿着一件拖着地的灰色长袍，难看死了。她的头发是淡黄色的，被胡乱地束在一起，她还戴着一种灰色的面罩，风只要轻轻一吹，面罩就在头的周围飘来飘去。

　　因为她总是受虐待，所以我非常同情她，尽管她之前弄坏了我很多花儿，我还是允许她到我的小花园里来歇脚。我常跟她聊天，可是总不能从她的话里听到些什么有意义的东西。

　　不管遇到什么东西，她都想要去碰碰，还口口声声说自己只做好事不做坏事。人们都责备我对她太宽容了，一让她接近我，马上人们就让我洗澡，给我换干净衣服。有时候还威胁我说，再这样下去要把她的名字加到我身上来。

　　这个名字太难听，所以我是很害怕被叫这个名字的。这个小老太婆太脏了，人们都叫她在屋子的角落里或者大街的垃圾堆里去睡。也正因为这样，大家才都叫她灰尘仙女。

当有一天小老太婆想要抱我的时候，我趁机就问她："怎么你总是满身都是灰尘呢?"

"要是你害怕我，你就是一个小傻瓜，"她用嘲讽的口气对我说，"其实你跟我是一样的，你完全想象不到你跟我是怎样的相像。只不过，你现在还是一个什么都不懂的孩子，我跟你讲也是白费力气。"

我说："你看，好像你第一次说出这么有意义的话来。那你就给我好好讲讲你的话的含义吧!"

"我没办法在这儿跟你讲，"她回答说，"因为我要跟你解释的话很长，每当我想在你身边久待一会儿的时候，人们就很凶恶地把我赶走。不过，要是你真想知道我是谁，那你就在今晚刚睡着的时候，大喊我三声。"

说完，她就大叫一声走远了。我感觉她好像分解成了无数的小颗粒，带着那被落日余晖照红了的又大又长的金色尾巴腾空而起了。

这天晚上，我躺在床上，一边想着她的话一边要昏昏入睡了。我自言自语：

"我一定是在做梦，要不然就是这个小老太婆是一个疯子，不然我怎么可能在睡着的时候去叫她呢?"

接着我睡着了，可是我马上就梦见我叫唤她了。我不敢肯定，我是不是真的大声地叫了她三次"灰尘仙女，灰尘仙女，灰尘仙女!"

可就在这时，我进入到了一个大花园里，在花园中央有一座神秘的宫殿，一位穿着节日盛装的漂亮的夫人正立在这座华丽的宫殿门口等候着我的到来。我朝她跑去，她拥抱我，并且对我说：

"现在，你应该认识灰尘仙女了吧?"

"根本就不认识，夫人。"我回答道，"我想您一定是在嘲笑我吧?"

"不是的，"她回答道，"由于你没有理解我的话的意思，所以我先请你来参观一些会使你感到不可思议的东西，而且我会尽量简短地给你解释一下。好吧，请跟我来!"

于是她带我到了她的住宅里最漂亮的一个地方。这里有一个清澈的小湖，就像一块镶在花环当中的绿色的宝石。各种各样的小鱼在小湖中游来游去。你看，有玛瑙色的，有橙黄色的，还有琥珀色的中国鲤鱼。那边还有白天鹅和黑天鹅，还有外国的鸳鸯，它们的羽毛就像发光的宝石一样美丽动人。

在深深的水底下，有紫色的珍珠贝壳，还有那色彩艳丽的鲵鱼长着锯齿形的翎羽……再往下看，就好像到了另外一个世界，它是那样深沉、奇异、光滑而又生动：银色的沙子铺成一张床，上面长满翠绿的青草和竞相争艳的鲜花。几行云斑石柱组成了一个圆形的柱廊，把这个宽阔的池子围在中间。那些柱子的顶端是用白玉做成的，柱子的上部用最珍贵的矿石装饰着。柱子上爬满了茉莉藤萝、牡丹蔓、苔藓和金银花藤，可爱的小鸟在上面搭了许多窝。香气扑鼻的玫瑰花在湖中倒映出了影子，水里还映出一排排矗立在圆拱门下的柱身和宏伟的大理石塑像。在圆池的中央，有上千个珍珠和宝石做的喷头喷出晶莹的水柱，水花四溅又落回到巨大的玛瑙做的螺钿盘当中去了。

在这个圆形剧场式的建筑物的后面有一个门，门外高高的树上长满了水果和花朵，浓郁的树荫下有一个色彩缤纷的大花坛。葡萄藤缠绕在大树的树干上，组成了一个绿叶红花的大柱廊。

仙女叫我和她坐在一块，旁边是一个山洞，洞口涌出一道瀑布，水流的声音是那么的悦耳，瀑布流下来后形成一道小溪，溪水中长满了浮萍和荷叶蕨，宛如一条绿色的带子，而溅在这条绿色带子上的水珠就像宝石一般闪闪发亮。

"你在这儿所看到的一切，都是我的杰作。"仙女说，"这一切都是用尘土做成的。我只要在云中抖动我的袍子，就能给这个世界提供一切材料。我的朋友——火先生帮助我把它们抛到空中，然后把它们再收集起来，进行烧炼、结晶。我的那个叫风的仆人，把它们散播到潮湿的带电的云气中去，最后再让它们落到地面。到了地面以后，它们又凝聚起来。实际上，这个大地上凝固的物质，都是我给予的。然后，雨把它们冲刷成花岗岩、大理石、云斑石以及各种各样的岩石和矿物，最后再把它们分解成砂土以及肥料。"

我听着她解释，可是并没有明白。我想，仙女可能在跟我故弄玄虚，她说她能把灰尘变成泥土，这我可以相信，但是她说她抖动袍子而落下来的灰尘可以变成大理石、花岗岩和别的矿物，这点我是根本不相信的。可是我也不敢反驳她。我转身向她走去，想看看她是不是在认真地说这些荒诞的话。

可我发现她早已不在我身旁，我感到十分惊异！可是我还能听见她的声音，原来她是在地底下说话，她还在叫我呢！这时候，我也神奇地钻到了地底下。我进入到一个恐怖的地方，这里四周都是火，到处都在燃烧。从前听人讲起过地狱，我猜想这就是所谓的地狱吧！那红色、绿色、蓝色的火焰和紫色的微光，一会儿强一会儿弱，让人眼花缭乱，这微光代表着太阳的职能。假如太阳也钻到这个地方来的话，那么从这个温度非常高的地方蒸发出来的水气也许会让你完全看不见它了。在这个充满了黑色云雾的洞穴里，到处都是尖啸声、雷电的霹雳声和爆炸声，我觉得我好像被封闭在里面一样。可是就在这里，我发现灰尘仙女又出现了。她那么肮脏，可是却努力地工作着；她走来走去，一会儿压，一会儿推，一会儿揉和，一会儿又在倒一种酸性的东西。总而言之，她做的一切我都不能理解。

"不要怕，"她对我大声喊，她的声音盖过了整个地狱里的震耳响声，"你现在在我的实验室里，你肯定不懂得化学吧？"

"我的确一点儿也不懂，"我喊着，"而且我也不愿意在这样混乱而肮脏的地方来学习它。"

"可你不是说你想知道吗？现在你必须心甘情愿地留在这里看。当然，住在地面上的确是很方便的，那儿有漂亮的花，有可爱的鸟，还有驯养的动物，还可以在平静的水中洗澡，可以吃味道香甜的水果，可以在野菊花丛中或者在草坪上散步……可你以为人类一直就是这样生活在优越的条件之下的吗？这就需要对你讲清万物是如何开始的，还得要告诉你作为你的老祖母、母亲和你的奶妈的灰尘仙女是多么强大、多么有力。当然，这是需要很长时间的……"

话还没说完，小老太婆就带着我一起滚下了地下深渊的最底层，我们穿过了正燃烧着的火焰和恐怖的爆炸，通过了正在熔化着的金属和呛人的黑烟，我们还看见了那些正在爆发的火山流出了使人想吐的火山熔岩浆。

"这就是我的大熔炉，"她对我说，"这个地下室是我用来炼制材料的。你瞧，这个地方不错吧！因为你的精神离开了你的躯体，而你把躯体留在床上了，只不过你的精神是和我在一起的，所以你能接触到这些原料。因为你不懂化学，所以不知道这些原料是用来什么做的，更不知道可以经过哪些神秘的方法才能使大地上的固体气化。这些气体在空间都是星云，它们像太阳一样可以发光。你还只是一个孩子，在你的老师还没有完全弄清楚这些问题以前，我也不可能使你完全理解创造万物的奥妙。但是，我可以向你展示我的烹调技术和它的产品。站在这个地方你不容易弄清楚，让我们爬上梯子，到上面一层去瞧瞧吧！"

这时候，一个上不见顶下不见底的梯子马上出现在我们面前。我紧跟在仙女身后，在这无边的黑暗中，只看见她浑身发光，宛如一只明亮的火把。接着我看到了一些仓库，里边装的全是玫瑰色的泥浆和白色的晶体，还有很大的黑色发亮的薄片儿。仙女把这些薄片用手指捻碎，然后把晶体弄成小块，再把它们和紫色的泥浆掺和在一块，最后把它们拿到一种叫微火的东西上面烤干。

"你在那儿做的是什么菜呢？"我问她。

"一种非常重要的菜。而且这种菜对你这个可怜的卑微生命是必不可缺的。"她回答说，"我正在做花岗石，也就是说，用尘土做成的最硬最结实的石头。要是你想给高西特河或者伏雷热东河筑堤坝，是必须用这种坚硬的石头的。我还用这些元素混合成不同的东西。你看，这些俗称为片麻石、滑石、石英石和云母等的东西，是用我的灰尘制造出来的，再加上另一些灰尘和新的元素，我就可以做出青石、沙土和砂石。然后我把它们研成粉末，接着再重新把它们聚合起来。你看我是多么心灵手巧啊！就像做点心一样，做点心不也是需要面粉吗？现在先让我关上炉子。并要留几个通风眼，这样可以防止爆炸，等一会儿我们再上去看看。你现在要是累了，可以先睡一会儿，因为我这个工作一时还结束不了。"

我不知道自己沉睡了多久，因为我是已经没有时间的概念了。最后当仙女把我叫醒的时候，她对我说："你睡着了，可你知道吗？你已经沉睡了好几个世纪了。"

"夫人，我具体睡了多长时间了？"

"你还是去问你的老师吧！"她用有点嘲讽的口吻回答我。

"现在咱们再从梯子向上爬吧！"

于是，我们又向上爬了好几层。在那些地方又有各种各样的仓库。仙女是在那里配制金属氧化物的，用它们来制造石灰石、泥灰石、黏土、云石和青石。后来我问她有关金属的来源，她回答说：

"你想知道的事情可真不少呀！你们人类的科学家常用火和水来解释这许多现象。但其实是我的火山灰被深谷里的风吹到了空中，然后形成大块大块的乌云，而带着水气的云推动着它们，又形成了暴风雨的漩涡，再加上雷电那神秘的磁力，最后，高空的风把这些乌云中的水气送达地面，这就是大暴雨。在这个过程中，可天地间发生的事情，你们的科学家是不是也知道得很清楚呢？那就是前几个仓库的来源，你可以去瞧瞧它们的神秘变化。"

我们爬到更高的地方去，那里有白垩、石灰石和大理石的矿层。用这些石头完全可以建造一个和地球一般大的城市，接着灰尘仙女又开始了她的工作：过筛子、掺和、化合、烘烤……我看见这些感到非常惊奇。她对我说：

"其实这些都不算什么，一会儿你还能看见更神奇的事情呢！你还可以亲眼见到这些石头中孕育了怎样的生命。"

灰尘仙女带我到了一个大池子旁边，这池子跟海一样大。她把手伸进去，先是拿出一些奇怪的植物来，然后又拿出来更奇怪的动物，这些生物一半是植物，一半是动物，最后她才拿出来一种又一种的正常动物。先是贝壳，然后是鱼类，她一边让这些动物动起来，一边对我说：

"当我在水底下的时候，就可以把这些东西做出来，但是还有更好的东西呢！你转过身，去河岸上看看！"

我转过身去，看见石灰石和所有它的混合物再加上陶土和硅土，并且在它们的表面形成了既细腻又有油质的棕色土层，在这土壤中很快长出了有根须的很多奇怪的植物。

"这就是植物生长所需要的土壤了。"仙女说，"再过一会儿，你就可以看见在这里会长出大树了。"

确实是这样，我看见了有干的植物很快地从土壤中长出来了。在这些植物中间还有昆虫和爬虫生活着。在岸上还有一些我从来见过的动物，我觉得它们很可怕。

"这些动物在地面上是不会使你感到害怕的。"仙女说，"它们只不过就是用尸体来肥沃土壤，在这里还没有任何人怕过它们呢！"

"请等一等，"我喊叫着，"看着这些可怕怪物都生机勃勃的，我真感到有点讨厌。你创造出来的土地竟属于这些必须互相吞噬而生存的贪婪的动物。难道必须通过它们互相残杀的行动才能为我们人类制造肥料吗？我知道它们没有别的用处。可我真的不懂为什么你要让它们繁衍出那么多，而用处却又那么小呢？"

"因为肥料也是非常重要的啊！"仙女回答，"如果没有这些东西做肥料，怎么可能连续不断地生长出那么多种类的生物来呢？"

"每一种动物都是要消失的，这我很清楚。我也明白动物在不断完善中，最后才能发展成人。曾经别人对我说过，我相信。但是我想不到一种动物被创造了，但最后又要被毁灭，那为什么费这个劲儿呢？真叫人觉得讨厌和麻烦。那些可怕的大东西，身体巨大的两栖类动物和大鳄鱼，所有爬行和浮游的动物，好像生来就只知道用它们的牙齿来吞噬别的动物……"

我生气地说完了这番话，灰尘仙女反倒觉得很有意思。

"物质就是物质，"仙女说，"物质的变化也是有它自身的规律的，但人的精神却不同。你自己就是个很好的例子，你自己不也常常吃一些非常可爱的禽鸟以及许多比禽鸟更有意思更可爱的动物吗？没有不断的毁灭，不会有新的创造，这个道理还需要我再给你讲吗？你要推翻大自然的规律吗？"

"是的，我希望是这样。我希望这一切东西从一开始就是完美无缺的。如果大自然真是一个神奇的仙女的话，那她应该可以不经过这个可怕的实验过程就造出一个理想的世界来。在那个世界里，我们能像天使一样，依靠智慧，生活在美好的、永恒不变的创造之中。"

"大自然的仙女有她更高的目标和理想。"灰尘仙女回答道。"她是不想一直停留在她已经创造出来并且已经被认识的事物上。她不断地工作，不断地发明，她不知道什么叫做生命的静止，对她来说休息就意味着死亡。如果事物不再变化了，那么拥有天才智慧的主宰者和它的事业就会一起终结。你认为，你生活的那个世界，也就是在你醒后就要回去的那个人类世界比远古时代动物的世界远要好一些，可是你对它仍然不满意。你希望生活在一个永恒的、智慧的、纯洁的世界里，可是这个幼稚的星球还像个孩子一样，它在永无止境地变化着。未来会使你们那个世界弱小的人类——男人和女人都变得懂科学、聪明而又善良，他们将会如神仙一般地生活。参观过这一切，你应该明白，那些半原始状态的生物和你是差不多的。可是也许某一天，你生活的那个世界会变得充满智慧，那时候就和过去完全不一样了。那时未来世界的主人才有理由看不起你们呢！就像你现在瞧不起过去那个大爬虫类的世界一样。"

"那好吧！要是我参观过的这一切能帮助我使我更加热爱未来的世界

的话，那么我愿意继续跟你参观。"我回答。

"我还要告诉你，我们不应该太轻视过去，要不然你就会犯忽视现实的错误，那不就是忘恩负义了吗！充满智慧的生命利用我提供的原料，从一开始就创造出了奇迹。你瞧这个大怪物，看看它的大眼睛，你们的学者把它称作鱼龙。"仙女说。

"它的眼睛甚至比我的头还大呢！真叫人有点儿害怕！"

"它的眼睛比你的眼睛可要高明多了。这一对眼睛既善于看远处的东西，又善于看近处的事物。它可以像望远镜那样，远远地就锁定要捕捉的猎物。等到猎物快接近的时候，它只要稍微调整一下，又可以很快地找到猎物，根本用不着戴眼镜。大自然在创造这一切的时候，只有一个目的，那就是让动物具有思想。它还使生物拥有各种能适应环境的组织和器官。这是多么美妙的开始啊！难道你没有感觉到吗？再继续这样下去，生物会变得越来越完美。你自认为难看、可怜、微不足道的那些生物，也很快就会进化，变得能适应它们生活的环境了。"

"但是，这些东西却只想着怎么养肥自己。"

"那你还希望它们想什么呢？大地并不需要人们的称赞，宇宙将永远存在，它并不会由于人们的歌颂和祈祷而变得更加壮丽和光辉。在你那个小小星球上的仙女最了解这个伟大的事业，你毋须怀疑。但是，假如她负责创造出一种生物，而这种生物又能够预知并体现这伟大的事业，那她也必须得服从时间规律。不过我想你是不会了解这全过程的，因为你存活的时间是极有限的。在你看来，这个过程似乎是很慢的，而这个演化的过程实际上是像闪电一般迅速的。我要让你的智慧脱离局限性，我要让你看看那无数个世纪演变而来的结果。你好好利用我给你的有利条件，只管看，不要争辩！"

我也觉得仙女的话很在理，于是我就睁大眼睛看大地上的一切演变。我看到各种各样的植物、动物生长，又走向死亡。从功能上看，它们变得愈加精巧，从形态上看，它们变得愈加完美。这个世界被灾难不断地破坏着，可是又不断地在创新，才逐渐地进化成我们今天看到的生物。我认为，这些生物并没有从前的生物那么贪婪，也比从前的生物更加关心它们的后代。我看见它们为自己的家族建筑房屋，并且充满着眷恋之情。我看见一个个旧的世界消逝了，一个个新的世界又呈现在眼前了，这一幕幕的神奇变幻，真像是神话一般。

"先休息一会吧！"仙女对我说，"你刚才已经经历好几千个世纪了。你想过吗？等猴子的统治一结束，人类的时代就将到来了。"

我疲倦极了，不知不觉就睡着了。等我醒来的时候，已经在仙女的宫殿里，并且这里正举行一个盛大的舞会。仙女又变得那么年轻，漂亮了。

"你看这些漂亮的东西和可爱的人，"仙女说，"我的好孩子，其实他们都是灰尘做的。这些大理石和云斑石的墙壁都是经过灰尘分子糅和后，然后在一定温度煅烧下而形成的。那些石头墙是用一定比例的花岗岩和石灰石的尘末做成的。而这些透明的水晶玻璃灯，是人类效仿大自然，用细砂烧制而成。这些陶器和瓷器，是用长晶石的粉末做成的。这是由中国人最先发明和使用的。你再看那跳舞的女孩子们身上戴的宝石，其实是结晶的石灰石粉末，而那些珍珠则是蚌把磷酸石细末吸进贝壳里之后慢慢磨成的。金子和其他一切金属也不过是无数的小分子物质经过聚合、熔化、煅烧、再凝固形成的。还有那些好看的植物：浅粉色的玫瑰，芳香的栀子和有斑点的百合花，都是我用专门备好的灰尘做成的。就连这些正在音乐伴奏下起舞的欢乐的人们，也都是我的杰作。你可不要不高兴，是我给了他们生命，可等他们死了以后也还是要回到我这里来的，其实他们也不过是灰尘。"她这句话刚说完，这个舞会连同宫殿一起都消失了。接着仙女和我来到了一片麦田里，她弯下腰拣起一块石头，石头中间竟嵌着一个贝壳。

"你瞧，"她对我说，"这是一块化石，是你参观过的原始生命时代的一个生物化石。可是现在它是什么呢？只是磷酸盐。人们把它研成粉末，再把它撒在硅酸过多的土地里作肥料。你看，人们开始懂得了一个道理：

他们唯一的真正的老师就是大自然，要多向大自然看齐。"

仙女用手指捏碎这块化石后，把粉末撒在了田地里，并对我说：

"这个东西又回到了我的厨房里。我先要破坏它，以后它才能长出新芽来。一切灰尘都是这样的。不管是植物、动物或是人，生了以后终究要死的，这没有什么可难过的。因为有我，它们的生命总会重新开始的。死了以后，还会获得新的生命。你不是很喜欢我在舞会上穿的那裙子吗？这便是裙子上的一小块布，现在我送给你，你可以在没事的时候好好研究研究它。"

接着一切都消失了。当我睁开眼睛的时候，我依然在床上躺着。初升的太阳投给我一缕美丽的阳光。我看着仙女送给我的那一小块裙子上的布，我想，这其实也不过是一堆细小的灰尘做成的而已。但是，我的思绪仍然留在那神奇的梦境里，它已经使我可以从这些灰尘中把最微小的原子分辨出来了。

这一切都使我惊奇：空气、水、阳光、宝石、金子、灰烬、贝壳、珍珠、花粉、蝴蝶翅膀上的粉末、丝、蜡、木头、铁以及显微镜下的尸体。但是，我也看见在这一切微小灰尘的混合物中，孕育着一个个不可捉摸的生命，它好像正在找寻一个固定的地方，然后再孵化，生长，完善起来。它又好像变成了金色的云朵，飘在初升太阳的玫瑰色的光辉里。

比克多尔堡

〔法〕乔治·桑

一　会说话的雕像

这是在旷野荒郊的深处，一个古时候叫日阿当省的地方，那里有一座荒弃了的堡寨，叫做比克多尔，它孤独地屹立在荒林之中。它看起来很愁苦，好像一个人历经了兴盛繁华的时代，而现在时过境迁，感觉到无限的惆怅，快要在病苦、贫穷、悲哀里死去了。

可受尊重的弗洛沙尔德是法国南方有名的画家，他乘着邮车，沿着小河的路经过。同他一起旅行的，还有他八岁的独生女荻安娜，他不久前才把她从芒德城的维西当女修道院带出来，现正在接她回家的路上。因为三个月以前，小姑娘因染上了间日发热的病，医生叫她回去家乡呼吸新鲜的空气治疗。弗洛沙尔德因此想把她带到他在阿尔附近的一所漂亮的别墅里去居住。

在前一晚上，父女两从芒德出发，为了要去拜访一个亲眷，绕道走了一段路，那夜他们歇在圣·约翰村，现今人们叫做圣·约翰·德·加尔村。

这还是在有铁路以前很久很久的时候。在那个时候，一切事进行得都比现在缓慢。他们要到两天以后才能回到家，而且因为道路坏了，他们前进得更慢。弗洛沙尔德先生走下了车，在车夫旁边步行着。

"前边是什么东西？"他问车夫，"是废墟呢？还是白色的岩石？"

"怎么了？先生，"车夫说，"难道你没有听说过比克多尔堡吗？"

"我这是第一次看见它，怎么会认识呢？我以前从来没有走过这条路，我以后也绝不会再走这条路了，这条路坏透了，以至于我们简直走不动。"

"先生，忍耐一下吧。至少这条老路比新路路程短；如果你走新路的话，在歇宿以前你还得走七里路呢，而在这条路上，你只剩下两里了。"

"但是，如果花五个钟头来走这一段路，我不晓得我们是否占了便宜？"

"先生一定在开玩笑。两个钟头以后，我们就能赶到圣·约翰村了。"

弗洛沙尔德想到他的小荻安娜，忍不住唉声叹气起来。因为那是她发热的时间。他本打算在热病发作以前到达旅店，这样好让她躺在床上，让她休息时暖和些。此时山谷里的空气是潮湿的，太阳也已经落山了，如果她在车子里就发起热来，再加上夜里的寒冷，和这条老路上的颠簸，他担心她的病会严重起来。

"啊，这样的破路！"他对车夫说道，"难道没有人走这条路吗？"

"对啊，先生，这条路原来就只是为堡寨修的，既然堡寨已经荒废了……"

"可它看去依旧还很壮观，很宏伟。为什么就没有人住呢？"

"因为在它开始破损的时候，继承了它的主人却没有钱去修缮它。从前它是被一位有钱的爵爷所拥有的，他在那里面过着着魔的生活：跳舞，演戏，宴会，赌博，真是无所不为。可他在那里面毁灭了，他的后人也没有再发迹，因此堡寨也一直没有重建，它的外表虽然还很壮观，可是有一天它一定会从那上面崩坍到河里去，因此也将要倒塌在我们现在经过的这条路上来。"

　　"只要让我们今天晚上走过去，随它几时高兴几时去倒塌吧！但是它怎么取了比克多尔这个奇怪的名字呢？"

　　"那是由于从堡寨上面的树林里伸出来的那块岩石。它好像被火烧弯了一样。据说在古代，这些地方，都遭遇过火灾。大家把这样的地方叫做火山区。我敢打赌，你肯定从来没有见过这样的地方吧？"

　　"哼，这我见多了，但是现在我对这种地方并不感兴趣。朋友，请你骑上马去，尽量快地走吧。"

　　"先生，请原谅，我现在还不能够走。我们还要经过花园里流注瀑布的水库……虽然那里没有什么洪流了，可是仍有不少的石头和瓦块，我需要谨慎地牵牢我的牲口。不要太为小姑娘担忧，这里是没有什么大碍的。"

　　"也许真的没有什么危险，"弗洛沙尔德回答道，"但是我宁肯一直把她抱在我的怀里；你在不好走的地方关照我一下。"

　　"已经到了，先生，就按你的意思做吧。"

　　画家把车子叫住，他把他的小荻安娜抱了出来，她正好在半睡眠状态里，好像已经开始感受到热病的痛苦了。

　　"请走上这座台阶，"车夫说道，"再穿过露台，这样你便能和我同时到达路的拐角处了。"

　　弗洛沙尔德一直抱着他的小女儿，走上了台阶。这些台阶虽则已经破损，可是仍有当年的贵族气息，两旁立着很美的栏杆和距离适度的雕像。露台在以前是铺好了石板的，现在却成了野生植物的乐土，荒草从石头的隙缝里长出来，和从前种在石盆里的珍贵的矮树，混在一起。紫色的忍冬树和丛生的野蔷薇也纠缠着结合起来；芳香的茉莉在荆棘丛中开花；里般柏雄立在青橡和土松上；长春藤则铺展开像厚厚的毯子一样，间或还有些像花绳一样的悬挂着。蛇蛋果的藤蔓，则沿着台阶，像阿拉伯数字的形状，爬到雕像的基座上。这个被野生植物所占领的露台，也许从来都没有这样漂亮过。可是弗洛沙尔德是一个沙龙画家，他并不大喜欢画大自然。

况且这一切茂盛的野生植物使得这些台阶在黄昏里显得特别不好走。他害怕荆棘刺伤他女儿漂亮的面庞，在他留心保护着她前进的时候，他听见在他下边有一阵马蹄踏在石头上的响声，以及车夫的叹息声，还夹杂着莫名奇妙的咒骂声，好像他遇着了什么不幸的事似的。

这可怎么办呢？怀里抱着一个生病的孩子，怎样才能够跑去救助车夫呢？小荻安娜表现出她的勇敢坚强和懂事，解决了父亲的困难。因为车夫呼叫的声音使她惊醒过来，她明白必须得有人去帮助这个可怜的赶车人。

"赶快去吧，亲爱的爸爸，"她对父亲说道。"我一个人呆在这里很好。而且这个花园很漂亮，我很喜欢它。你把你的外套留在这里，而我就在这儿等着你。事后你再回到这个大花盆底下来找我，不用着急。"

弗洛沙尔德把女儿用大衣裹好后，赶快跑了下去看看出了什么事。车夫并没有受伤，只是在越过那些残垣断壁的时候，不小心弄翻了车子，两个车轮都被弄破了。一匹马倒了下去，把膝头给跌伤了。车夫感到绝望，不停地叹气，弗洛沙尔德虽然生气，但也没有办法。抱着一个相当沉的孩子，在天色快黑的时候，还要走两里路，或者说是要走三个钟头的路，他要怎样办才好呢？他实在没有别的好办法了。他把车夫留了下来，让他一人想办法去解决困难，他首先回去寻找荻安娜。她并不像他所期待的那样，睡在大花盆的脚下，而是清醒而又欢乐地跑出来迎接他。

"亲爱的爸爸，"她对他说道，"我就站在露台边上，你们刚才说的话，我全听见了。车夫是好心的，马受了伤，车子也跌破了，今晚我们不能再朝前走了。在我正为你的焦虑感到不安时，忽然听见一位太太叫唤着我的名字，我抬起头，看见她的胳膊伸向堡寨，像是邀请我进去。我们一起进去吧，我相信她一定会很高兴地招待我们，我们在她家里也一定会住得很好。"

"孩子，你说的是哪一位太太呢？这个堡寨并没有人住，我也没有看见一个人影。"

"你看不见那位太太吗？大概是因为天色黄而昏，但是我呢，还是把她看得很清楚哩。你瞧！她一直为我们指着那道我们应当走进去的大门。"

弗洛沙尔德循着荻安娜指着的方向一望，原来是一座大得和真人一样的雕像，代表着神话上的人物，也许是叫做"款待"的，它呈现出一种和悦的神情，好像是在给来客指出堡寨的大门那样。

"你一定是把一尊雕像当做那位太太了，"父亲对女儿说道，"至于她对你说的话，一定是你自己幻想出来的。"

"不，爸爸，我并没有做梦，我们应该依照她的指引去做。"

弗洛沙尔德不想违背他生病了的孩子的意思。所以他瞟了一眼堡寨外面富丽的装饰，从阳台上垂下来的藤叶，依附在雕刻的花朵上面，显示出一种煊赫的气势，而且还是坚实的气概。

"真的，"他想道，"在没有找着更好的安身的地方之前，这总算是一个可以安身的处所。我至少可以找到一个角落让孩子休息一下，然后再做其他打算。"

于是他和荻安娜走了进去，她紧紧地拉着父亲的手，沿着一道排列着圆柱的回廊，径直走进一间宽阔的厅堂。实际上，这座厅堂早已经颓废成了白唇草、野薄荷的花坛；支持屋顶的圆柱，也不只一根倾倒在地上了。别的还立着的支撑着屋顶的圆柱，柱的本身也是千疮百孔的。弗洛沙尔德并不喜欢这座废墟，他正想退出去，而车夫刚好走进来找他。

"请跟我来，先生，"他说，"这里正好有一个阁子，还相当坚实，你们可以先在那里好好地过一夜。"

"我们一定要在这里过夜吗？即使不能进到城里去，难道也没有办法到某一个农庄或者某一个乡下人的屋子里去借宿一宿吗？"

"不可能的，先生，除非你把东西留在车子里，因为马和车都无法行动了。"

"我的行李并不算多，取出来也不难，把它们放在一匹马上。我和孩子再骑上另外一匹马，请你告诉我们一家最近的住宅。"

"今晚我们不能到达任何一户人家的住宅。山路太难走，我可怜的马，两匹都摔坏了。即使是在白天，我也不晓得如何才能够从这里走出去。但愿上帝保佑！现在最急迫的事是叫小姑娘好好休息。我给你们找到一个房间了，有屏风和门，屋顶也还没塌下来的。我也已经为我的牲口找着一个马厩了，既然我为它们带了一袋荞麦，你也带了一些食物，今天夜里我们还不至于饿死。我把你的东西同车里的坐垫一起拿过来，好让你们睡觉，一个晚上很快就能过去的。"

"去吧，"弗洛沙尔德说道，"就照你的意思去做吧。既然你已经恢复了精神。这里一定会有一个人看守堡寨，一定是你所认识的，他应该会允许我们住下。"

"这里根本没有看守堡寨的人，比克多尔堡是自己看守自己的。首先这里既没有可以拿走的东西，其次……那些以后再对你说吧。我们现在走到了从前的洗澡间。我知道怎样开门，先生，请进来，这里面既没有猫头鹰，又没有老鼠，更没有蛇。等着我，不要害怕。"

事实上，他们一边说，一边穿过了几间荒废的，破落程度不同的房间，后来走到了一间牢固的矮小的阁子。和堡寨里别的房间一样，这也是文艺复兴时代的建筑，但是在这阁子的正面，却是各种建筑大杂烩，它位于院子里，像是一个游廊，摹仿了古代的公共浴池，不过面积要小一些，里面关得严严的，大部分还没有被毁坏。

车夫把车上的油灯和蜡烛带了过来。他敲燃了火石，点上了灯，弗洛沙尔德发现这里面还能住人。

他坐在一根石柱的基座上，想把获安娜抱来让她坐在他的膝头上，然后让车夫去取垫子和别的东西。

"不，谢谢，爸爸，"她对父亲说道，"我很高兴今天晚上能够在这样漂亮的堡寨里睡。我感觉我的病痊愈了；我们都去帮助车夫吧，这样可以把事情处理得更快。我相信你已经饿了，而我呢，也很想吃吃你特地为我装在一个小篮子里的果子和点心。"

弗洛沙尔德看到他的小病人是那样有勇气，就领着她来来往往，也帮忙做了点事情。一刻钟以后，垫子、箱子、大衣、篮子，总之车子里所有的行李，都被搬运到这古老府第的洗澡间里来了。获安娜没有忘记她的洋娃娃，在车翻了的时候，洋娃娃一只胳膊撞坏了，她想放声哭，但是当看见她的父亲正在为一些更为贵重的东西打破了而叹气时，她便坚强起来，不再抱怨了。车夫很高兴，发现两瓶好酒还没有打破，他把酒带过来，激动地望着它们。

"嗯，"弗洛沙尔德对车夫说道，"不错呀，既然你为我们找到了一个安身的地方，而且你又这样忠心地服侍我们……对了，你叫什么名字？"

"先生，我叫诺马列西。"

"好的！诺马列西，你同我们一起吃晚饭吧！这个大房间，你如果觉得也不错，也在这里面休息吧。"

"不，先生，我还得去包扎、照顾我的牲口，可是如果有一杯酒来解渴，谁也不会抗拒的；特别是在发生了这样不幸的事件以后。好，我马上给你摆饭。小姑娘也许需要喝水，我也知道泉水在什么地方。让我来给她铺床；我知道怎样能照顾好孩子，因为我也是一位父亲！"

开心的诺马列西一边这样说，一边把一切都布置好了。晚餐桌上有冷鸡、火腿、面包和一些糖果；获安娜很高兴地吃了起来。房间里既没有凳子，又没有椅子，只是在中间有一个大理石砌成的澡盆，像是一个有台阶的讲台，可以在那里边舒舒服服地坐下。从前供给人们洗澡用的泉水，到现在还在院子里喷溅，的确是很干净的泉水，获安娜把水盛在她的小银杯里喝。弗洛沙尔德送给诺马列西一瓶酒，自己则留下另外一瓶，他们喝酒时连酒杯也不用了。

画家一面吃，一面观察看他的女儿。她表现得很高兴，她很开心地讲话，不能入睡。可是当她吃饱了以后，父亲就叫女儿休息，他们把垫子和大衣平铺在澡盆边的一个大理石的糟内，做成了一张很好的床。那时正值盛夏，天气很好，月亮也开始照耀着大地。他们点燃了一支蜡烛，屋子里一点也不闷。室内到处都是壁画，他们还看见雀鸟在天花板上雕刻的花藤上飞翔，欢快追逐着比它们还大的蝴蝶；在墙壁上山林河川的女仙，牵着手围成圈子跳舞。有些地方不是这一个缺了腿，就是那一个缺了手，有的甚至没有了头。荻安娜抱着她的洋娃娃，躺在那张奇怪的床上，静静地等候她的瞌睡来临；她睁眼望着这些跛脚的跳着舞的女子，依然认为她们在参加欢乐的节日盛会。

二　戴着面纱的太太

当弗洛沙尔德先生觉得他的女儿已经完全睡着了的时候，成了随身仆侍的车夫诺马列西正在收拾晚餐残余，他对他说：

"你刚对我说，之所以没有人来照管这个堡寨，那还有一个特别的原因，现在告诉我是什么原因吧。"

诺马列西迟疑了一会，但是由于慷慨的旅行家给他喝了那一瓶好酒，使得他不得不说实话，于是他大胆地说道：

"你一定会笑话我的，先生。你们这些受过良好教育的人，有些事情你们是不会相信的。"

"喂，我的好人，我明白你的意思了。我承认，我的确不相信与自然相悖的事情，但是我喜欢听神奇的故事。这个堡寨一定有它的传说，快告诉我吧，我一定不会笑你的。"

"好！请听，先生。我告诉你说比克多尔堡自己照管自己，那只不过是另外的说法。它其实是被一位戴着面纱的神秘的太太照管着的。"

"那这位戴着面纱的太太，究竟是谁呢？"

"啊！这就谁也不清楚了。有的人说她是着古装的活人，又有的人说她是从前住在这堡寨的一位公主的灵魂，她每天晚上都要回来巡行的。"

"你的意思是，我们将有机会见到她了？"

"不，先生，你见不着她的。她其实是一位很有礼貌的太太，她只是希望路过的人心甘意愿地去她的家里做客。有时候她邀请过客进来，可如果他们没有接受邀请，她便会把他们的车子推翻，掀倒牲口。如果他们是走路的话，她就使许多石头从山上滚下来，阻挡他们的去路。她一定在望楼上或露台上向我们发出过邀请，只可惜我们没有听到；不管怎么说，我们所遭遇到的事故，一定不是偶然的。如果你坚持要前进的话，还会有更倒霉的事情发生哩。"

"啊！很好。我现在彻底明白你为什么不能带我们到别处去了。"

"别处？即使到了城里边，那结果会更不清净的，更坏的；除了晚饭可能会吃得好一些……我呢，倒觉得今夜的晚餐特别的好！"

"晚餐是够了，住在这里我并没有感觉失望：可是我想知道更多关于戴着面纱的太太的故事。如果没有被她邀请的人，贸然闯进她的家里，会使她不快乐吗？"

"她既不会生气，也不会出来；我们绝看不见她，因为从来没有人看见过她，她不凶恶，也从来没有害过人，但是你可能会听见一个声音向你叫道：'出去！'不管你想不想，你都会感到不得不听从她，感觉有 80 匹马的力量把你往外面拉那样。"

"那么，我们很可能碰到这种事，既然她没有邀请过我们。"

"请原谅，先生，但我相信她已邀请过我们了，只是我们没有听见而已。"

弗洛沙尔德于是想起小荻安娜曾经说过，她亲耳听见露台上的雕像对她讲过话。

"讲得小声些吧，"他对车夫说道，"这个孩子曾经梦到过这样的事情，不要让她相信世上真有这样荒诞的事情。"

"啊！"诺马列西激动地叫道，"她真的听见了！……一定就是那个。先生！戴面纱的太太很喜欢孩子的，当她看见你走过时不理睬她的邀请后，她就马上推翻了你的车子。"

"而且还弄伤了你的牲口？一位这样好客的主人，却玩弄一套这样坏的把戏!"

"给你说老实话,先生,我的牲口并没有遭受特别严重的伤害,只是流了一点儿血罢了。她想阻挡的只是车子,明天我们就可以把它修理好,或者你雇另外一辆车子。其实你的旅程不过被耽误了几个钟头,如果今夜你打算到圣·约翰村去住宿。也许是因为有人在等待你,你害怕不能按照约定的日子到达,使他们担心吗?"

"完全正确,"弗洛沙尔德回答道,他有点担心这个好人的无牵无挂的态度,或者他再遵从那个戴面纱的太太的什么新的花样。"我们明天一大清早便要走,以补偿今天浪费掉的时间。"

事实上,弗洛沙尔德家里的人根本没有在约定的日子期待着他回来。他的妻子既不知道获安娜在修道院里生病了,更没有准备在暑期以前看见她转回到家来。

"喂,"弗洛沙尔德对诺马列西说道,"我想现在是睡觉的时间了。你愿意在这里睡吗?如果你觉得睡在这里比和你的牲口住在一起更好的话,我不反对你睡在这里。"

"谢谢,先生,你真是太好了,"诺马列西回答道,"不过我这人不和牲口在一起是睡不着的。各人有各人的习惯,你和小姑娘在这里,不害怕吧?"

"害怕?一点也不,反正我不会看见那位太太。还有,你可以告诉我吗?既然从来都没有人看见过她,人们又怎么知道她是戴面纱的呢?"

"我不清楚,先生,这是一个古老的传说了,并不是我一个人瞎编的。我不知不觉地就相信了。可我绝不是胆怯的人,而且我也没有做过什么会使堡寨里的神灵不开心的事。"

"去吧。晚安,晚安,"弗洛沙尔德说道,"天一亮就到这里来,不要耽误;好好地服侍我们,不会让你懊悔的。"

弗洛沙尔德和获安娜呆在一起,他走近她,用手摸摸她的腮和手。他很奇怪,也很高兴发现她的手和腮都很凉爽;他又试试她的脉搏,虽然他对于孩子的发热病，不怎么了解的。荻安娜给父亲一个吻，说道：

"不要担心我，亲爱的爸爸，我很好呢。我的洋娃娃才正在发热呢，你不要打扰它哦。"

荻安娜真是一个可爱温柔的孩子，她从来没有向别人抱怨过。她那时候的气色十分好，又十分开心，使得她的父亲也高兴起来。

"她的病应该过一会儿就要发作的，"他想道，"当她自以为听见了雕像说话的时候，她就是在发热、在说呓语；只是发病的时间很短暂罢了。或许改变一下空气，便能把她的病医好了。修道院的生活和她不相宜，我想要留她在家里，我的妻子一定不会因此生气的。"

弗洛沙尔德想办法把自己盖好，躺在孩子旁边的澡盆的台阶上，很快便睡着了，感觉好像一个身体健康的年轻人一样。

那时弗洛沙尔德先生还没有满40岁。他有俊秀的面貌，他是有钱的，可爱的，受过良好教育的，同时又是很多情的。他依靠画人像赚了很多钱，他画的像总是很鲜明，很完善，太太们总是觉得他画得很像，因为他总是把她们画得又漂亮，又年轻。说实话，凡是弗洛沙尔德所画的人像里每张都是一个模样。他脑子里面早就有了一个很漂亮的模型，他很少作修改，只是不断地复制下去；他只是忠实地表现他所描绘的对象的服饰和头发。这些细节，就成了他画的人像的特点。他擅长仿效衣服的色调，头发舒卷的神态和丝带飘舞的轻盈，而且在他的一些画里面，人们可以立刻认出来放在他描绘对象旁边的垫子或者鹦鹉。他不是没有才气的。在他的那一个类型的画家里，他甚至还有很大的才气；但是说到天才、创见、真实生活的感情，那便不是能够向他多要求的了；可是他依旧得到了不可否认的成功，有钱的漂亮的妇女们，宁愿去请他，而不愿去找绘画大师，因为一个大师很有可能不怀敬意地真实描绘出她们的缺点或者暴露出她们脸上的皱纹。

他鳏居了两年后，在第二次婚姻中，又和一个年轻的女人结合了。她出身在一个清贫而善良的家庭，她崇拜他为世界上的最著名的画家。她生来的资质不算太傻，但是她那样的美丽，美丽得以致于没有时间来用思想，来受教育。要她自己来担当起抚养她丈夫的前妻的女儿的责任，她也只好推卸。所以她劝他要把孩子送到修道院那去，她说这个孩子既然是一个独生女，在院里得和小伙伴一起，比在家中一个人独处要快乐些。她自己不知道怎样和获安娜游戏，即使她知道，她没有时间那么做。因为她每天要换上 10 套衣服，所以总想一次比一次更美丽。

弗洛沙尔德是一个好丈夫更是一个好父亲。他知道他的妻子有些轻浮，但是他一直想她终日地打扮装饰，无非是想讨得他的喜欢。据她以前说，这样可以使他更加细心研究女人的服装，对他的绘画这重要的一部分是有好处的。

弗洛沙尔德一边睡在古堡的浴室中，同时在想心事：他妻子的衣裳和美貌、他生病的可能已经好了的女儿、他的富豪的女主人、他急于马车的跌翻、恢复的工作、小获安娜的幻觉和车夫所说的神怪的故事、两方面的奇妙的巧合、戴面纱的老太太、乡下人对于神秘事的相信、甚至原因可能并不是从害怕出发。他沉在这些印象的沉思里，睡着了，甚至还发出了鼻鼾声。

获安娜不是也睡着了吗？是的！我真不太明白。我以前给你们讲过了她的妈妈和她的爸爸，我冒着让你们不烦的危险，而且节外生枝地谈了这些话，那是因为需要让你们知道获安娜为什么是这么一个沉静的、多思虑的女孩子。她孤独地和她的保姆一起度过了童年的第一个阶段，这女人虽然很爱她，但是很少和她说话；她必须展现自己的能力，在小小的自己的头脑中，自己去安排一切思想。读者了解这事，对于下面我将要叙述她的事情，便不会感觉奇怪了。现在我应该跟你们说，她在比克多尔堡寨中，思想是怎样在活动着，精神是怎样的受到了刺激。

她听见她爸爸发出鼾声的时候，她睁开了双眼，向她周围看看。那间大的圆形屋子是黑的，因为屋顶比较低，全靠一盏从车上拿出来的小灯，挂在了墙上，发出的光是暗的而且还是颤抖的。获安娜还隐隐约约分辨得出在她之前出现的几个古装的跳舞女郎。但是最难看的，保存得最好，是一个高个儿的女人，穿着淡绿色的衣裳，颜色还相当鲜艳，赤裸裸的四肢线条完整，脸面因为受到潮湿的侵袭，因此已经完全隐灭了。在半睡眠的情况下的荻安娜，仿佛能听见车夫在告诉弗洛沙尔德先生有关于戴面纱的太太的事，她逐渐地想到这个面孔隐没了的身躯，和关于堡寨的传说，可能是有关联的。

她想道："我真的不明白，为什么爸爸要把这故事当做是荒唐的传说呢。我呢，却非常肯定那太太在露台上和我讲过话，并且她声音还很美丽、很甜蜜啊！我很愿意再和她说说话。爸爸认为我总是在生病，如果我不是怕爸爸不高兴，我说要起身去看她是否还呆在那里。"

她刚刚想到这里，灯光就熄灭了，她看见一道美丽的、蓝色的光辉，像月光那样的，穿透了屋子；在这柔和的光线中，她仿佛看见那古代的舞女已经从墙壁上走下，向她慢慢走来。

你们不要想荻安娜会害怕，她看到来人有一个最窈窕的体态。她的衣裳有千百道优雅的褶纹，披在她的美丽的身躯上，好像全身都点缀着薄的银色的片。一条宝石缀成的腰带，系着她轻盈的衫裙，一幅精细的透明的面纱绕在她的头发上，头发编作金栗色的辫子飘在她雪白的肩头。细纱笼罩着的面貌，分辨不出那秀美的轮廓，似乎在眼睛的部位上有两道白色的光线射出来。她的裸露的细腿，赤条条的胳膊，一直到肩头，都是非常美丽的。无论如何，墙壁上的模糊苍白的女仙，竟然变成了一个十分悦目的活人了。

她逐渐走到小姑娘的身旁，但没有惊醒躺在旁边的老父亲，她俯身去亲吻荻安娜的前额，荻安娜虽然听到她的嘴唇发出了温柔的声音，额头上却没有一点儿感觉。孩子用胳膊去拥抱那太太的脖子，来回报她的爱抚，而且想把她留住，可她拥抱的只有一个影子。

她对那个太太说道："看呀，你就像一团雾气做成的，我怎么摸不到你呢？至少要告诉我，至少让我知道以前对我讲话的到底是不是你？"

那位太太说道："是我，你愿意和我一起去散步吗？"

"我非常愿意。但是首先医治好我的发热病，以便于我的爸爸不那么焦心。"

"放心吧，和我在一起，不会让你生病的。把你的手伸出来给我。"

孩子很信任地把手伸了出来，虽然她摸不到那仙女的手，她却感到一种爽适的快意透过她的整个的躯体。

她们一起从房间里走了出去。

那位太太问道："你想到哪里去？"

小姑娘答道："随你的意思。"

"你想要再回到露台上去吗？"

"我感觉露台上那些盛开小花儿的长草和荆棘，实在很好看。"

"难道你不想看看我的堡寨的里面吗？那里还更漂亮哩！"

"但可惜完全颓废，暴露在日光下面了！"

"你想错了。我不允许参观我堡寨的人，才会觉得是那样的。"

"你让我参观吗，我？我？"

"当然让你参观了，你看！"

荻安娜脑子里的废墟，迅间变成了一带美丽的回廊，天花板上全是贴金的浮雕。在十字大窗的中间，有燃着水晶的吊灯，黑黑的大理石的巨形人像在高举着火炬，站在进门地方。当然还有别的雕像，有些是白色大理石的，有些是青铜，还有些是镶金的，玛瑙的，高踞在它们精镂细刻的台座上。地下铺的是摩色图案，镶嵌着珍贵的飞禽和奇妙的花朵，一望无际地展现在这个小旅行家的脚下面。与此同时她隐约听到一阵遥远的音乐声，喜爱音乐的荻安娜就开始跑跳起来，忙着想去看跳舞，因为她从不怀疑那个仙女姐姐会带她去跳舞的。

仙女问她道："你真的很爱跳舞吗？"

她回答："不，我从来没有学习过跳舞，我感觉到两条腿没有力；但是我非常喜欢看漂亮的场面，我当然更想看看你们牵着圈儿一起跳，正像我在图画里看到的那个模样。"

她们来到了一个大厅，四壁都是亮的镜子，仙女便立刻不见了。就在转眼间获安娜看见一群像仙女一样的人，都穿着绿色的衣裳，脸上蒙着面纱，在她看不见的乐队演奏出的悠扬的乐声里，在宏大的玻璃砖镜子里面，千百个仙女正在轻盈地跳起舞。获安娜带着极大的好奇心望着这一群仙女，直到她的眼睛看得疲乏为止，好像在梦里面那样。她被那仙女清凉的手惊醒，她们已经走到了另外一间更辉煌更美丽的大厅里；大厅当中有一张黄金铸成的桌子，形状很美，上面又陈设着寻常没有过的糖食、鲜果、糕饼、鲜花，堆集得非常高，一直接触到了天花板。

"随便拿些吃呀！"仙女对她说。

"我不想吃，"她回答道，"我想喝一点儿冰凉的水。我热得好像跳过舞似的。"

仙女隔着层面纱，向她轻轻吹了一口气，她就感到平静，而且也不再口渴了。

"你现在已经好了，还想看什么吗？"

"我想看所有你要我看的。"

"你没有一点儿建议吗？"

"你愿意让我看看神仙吗？"

仙女对于她的这个请求，并不感到惊讶。从前获安娜有一本非常古老的神话书，在里面有一些形象，十分奇怪，可是她起初觉得很美，但是最后使她不耐烦起来。她其实想看一些更好看的东西，她想那个仙女一定有更美丽的图画。仙女把她领到一间屋子里，在那里陈列着神话上的人物的图画，其中的每一个形象都高大得仿佛真人一般。获安娜刚开始用惊异的眼光去看它们，然后便想让它们活动起来。

"叫它们走到我们身边来，好吗？"她对仙女说道。

转眼之间这些神仙都从镜框里走了出来，把她们围住中间，接着升得很高：在天花板上不停地旋转，好像互相追逐的雀鸟那样。它们走得那么快，这使得荻安娜分辨不清它们。她似乎辨认出了几个她在书本里非常喜爱的神仙，如像那文雅的擎着金杯的赫柏，还有同她的孔雀在一起的朱诺，戴着和蔼的小红帽的墨耳库里，持着长花绳的弗洛尔；但是这一切都使得她疲倦。

"你的房间太热了，"她对仙女说道，"带我到你的花园里逛逛吧。"

她马上到了露台，但是已经不是她第一次到堡寨来的时候那个荒凉的地方了，这里已经变成了一座非常漂亮的花坛，有铺砂的小径，上面配着各样颜色的小石子，镶嵌成一幅幅摩色图案。还有宽大的花畦，用成千上万种花朵组成的华丽的图案，好像一张富丽的地毯。雕像齐声演唱着赞美的诗歌，它们在歌颂月亮。荻安娜非常希望看和她名字一样的那位女神，转眼间那女神就出现在她的眼前，她的形态犹如是天空中银色的云彩，她身材巨大，手中拿着一张发光的弓。但有时那女神会变得很小，小得像一只燕子；它靠拢来又变得非常大……荻安娜用眼睛一直追随着那个女神，追得疲倦了，便对仙女说：

"现在我想吻你。"

"那么你是要去睡了吗？"仙女说，与此同时把她抱在怀里。"嗯！去睡吧，可是当你再次醒来的时候，不要忘了你看过的这些东西。"

荻安娜睡得很好，当她第二天睁开眼睛的时候，她发现自己仍然困在大理石的水槽里，还把洋娃娃的小手牵在了自己的手里。青白色的曙光取代了蓝色的月光。弗洛沙尔德先生起身，打开了他的旅行用的袋子，然后他在静静地刮胡子。这是因为在那个时代，一个讲究交际的男人，无论他在什么样环境，早上如果不把胡子刮干净的话，是不光彩的。

三　比克多尔小姐

荻安娜站起身，迅速穿上她临睡时脱下的鞋子，扣上她的连衣裙上的扣子，然后请她的爸爸把镜子借给她，以便他和诺马列西准备起程的时候，好好打扮一下。弗洛沙尔德以前就知道她是爱干净的、细心的、讲究的人，因此当把她一人留在房里，叮嘱她道，如果她想要出门，千万不要在堡寨的颓垣里乱跑，而且千万要当心脚下，避免跌倒。

获安娜打扮完毕以后，又把洗脸要用的东西收拾好，看见她的父亲还没有来，就想到堡寨里去溜达，希望能再一次看见夜里同仙女看过的那些非常美丽的东西。但是她却连那个地方也找不到了。螺旋式的梯子不是断了，就是梯级绕过枢纽弯了过来，不能靠在坍塌的塔的两侧。上下各层的房屋都已经坍在一起，以致于分辨不出房屋的组成来。大家看得很清楚，这些建筑曾有过富丽的装饰。而且有的墙壁上还保存着绘画的痕迹，在破碎的大理石上还有一些镀金的残余，美丽的壁炉还依附在墙上，孤零零地立在空空的地上；地上铺盖着各式各样的废物：彩色的玻璃上留着细小的颗粒在翠绿的野生植物上放光，从前丘比德大理石的小手，风神翅膀上的青铜镀金的羽翼，从蜡台上坠落，被老鼠咬毁的壁毯，还看得出褪色的皇后的面孔，或者是盛着鲜花的大瓶。总而言之，一切皇家贵族的奢侈品都已经变成了碎屑，所有华贵的人物都化成了灰烬。

获安娜不太了解宏大的堡寨，在山坳里，远望着它的正面，仍然显得那么辉煌，为什么会被人抛弃掉呢？她想："也许现在我所看见的，是梦里的景象吧！别人以前告诉我，当我的热病发作的时候，我会神志不清。但是昨夜我并没有发热，所以我所看见的应该是真实的。现在我也不觉得有病，但是仙女告诉过我，只有得到她的许可的人，才能够看见她的堡寨，我或许应该满足她叫我看见的景像。"

获安娜接着去找寻那些美丽的房间、豪华伟大的图画、回廊、雕像、堆满着糖果的金桌子，以及她昨晚所看到的奇迹，可是那一切都成了徒然。她伤心地走到花园里去，只看见苎麻、虎尾草、荆棘、日光兰等野生植物。我不明白什么使她感觉这些植物并不比别的丑，那些失去了它们对称的图案和彩色石子的花坛，就在她在寻找草莓的时候，仍然可以看得见一些痕迹，它们那时的样子，还是非常讨她欢喜的。她拾起几块摩色图案，放进了她的口袋里，再一次走到露台边上去，她在小树丛里寻找昨天对她讲话的雕像。她看见它曾站在大石瓶旁，胳膊伸向堡寨的进口的地方；但是它不讲话了。它怎么可能讲话呢？它既没有嘴，又没有面孔，剩下的只有头颅的后半面，披着一段薄薄的轻纱，缠在它的石刻的头发上面。别的雕像更是被顽皮的野孩子抛掷的石子和时间忽略所毁坏了。还有比荻安娜更懂事的人，他们了解这些在寂寞空虚里的雕像，会使过路的人害怕，而头脑清楚的人，很怜惜这种毁灭，故意编撰一些故事，使愚昧的人去相信，堡寨是被一位没有面孔的太太保护着的，她欢迎善心的人，惩罚恶意的人。原来在那个露台的下面，在小溪和高墙之间，存在着一段窄狭难行的路径，从那里经过的车辆，的确有的出过几次事。大家都以为有一位神灵在保护着废墟，从此这迷信便传扬开了，因此便没有人再在那里进行破坏。可是别的雕像的可怜姿态，表示了它们遭受这样的摧残，时间久了，所有的雕像都缺了一或两只胳膊，还有一些雕像长伸伸地躺在黄野麻和紫草里面去了。

荻安娜仔细观看对她谈过话的那一尊雕像，她立即认出来就是那位非常可爱的仙女，同时也证明她也是她睡的那间屋子的墙壁上所画的那个仙女。在这一方面她可以随意想象的，原来这些仿古制造的，文艺复兴时代的神像，在衣着和形态上，都有着同是一家人的气概，碰巧这两尊雕像同是一个类型，尽管小荻安娜的意念不大正确，至少也算机灵的。

她走疲倦了，于是去寻找她的父亲，看到他站在露台的下面，正忙着让车夫修补车子。诺马列西在附近找到了一位制造马车的人，这个乡下佬尽管不怎么笨拙，却是缓慢，而且也没有什么良好的工具。

"忍耐一下，小姐，"诺马列西对她说，"我为你找到了一些黑面包，还不算坏，还有非常新鲜的奶油和樱桃。我把这些都已经送到你的房间里。如果你回去用早点，那会使你解闷的。"

"我一点也不闷。"荻安娜回答道，"但是我要回去吃一些。我非常谢谢你这样照顾我。"

"你好吗？"她的父亲问她道。"你睡得怎样？"

"我虽然没有睡得很多，爸爸，但是我玩得非常好了。"

"你是说在梦中玩吗？你做了很快乐的梦吗？嗯，这是很好的征兆。快去吃早点吧。"

弗洛沙尔德看见她走开后，赞叹这个瘦弱苍白的孩子天生的好性情，所有事情都适合她的心意，从来不拿她的病苦来搅扰别人，她在任何情况里，都表现出沉静的轻微的欢乐。

"我真不明白，"他想道，"为什么我的女人非要把她送出门，她在家里原来是多么的安静，而且又是那样的容易满足。我知道我的姐姐，也就是芒德城的维西当修道院院长待她特别好，但是我的女人应该更爱怜她。"

荻安娜回到浴室，因为她认识字，她看到了一行已经磨灭了一半的字迹，就刻在浴室的门楣上面。她辨认了出来，念道："荻安娜的浴室。"

"奇怪！"她含笑地自言自语，"那么，我不是正在我自己的家里吗？我真的想在这里洗个澡，但是没有水源，我只好在这里吃饭睡觉了。"

她认为诺马列西给她摆在浴盆石阶上的饮食会很美味，吃完了以后，她想描绘一张图画。

读者明白她是不会画画的，而且她的父亲也从未教过她。当她以前在父亲的画室角落里想涂鸦的时候，他才给她铅笔和纸。可是在那个时候，她却一直临摹着她父亲所绘画的人像。他觉得这些临摹很是有趣的，他开心地笑了起来，但是他却不相信她有任何绘画的天才，他于是下定决心，不要再让孩子去继续他的事业。

在修道院期间，荻安娜度过了一年的时间，没有人教她绘画。在那个年代，人们除了以谋生的目的之外，不接受任何艺术的教育。弗洛沙尔德即使是家境富有的人，但他只想把他的女儿培养成一位富贵的小姐。换句话说，就是让她做一个会讲话、讲究穿衣、不用脑筋的漂亮人儿。可是荻安娜却对于绘画很有热情，她从来没有遇到一尊雕像、一幅画，或一张像片，而不去非常注意地研究它们的时候。在修道院的礼拜堂里，有几幅油画和几尊圣女的雕像，都会使她感到十分有兴趣。我不知道为什么当她看见比克多尔堡里的荻安娜浴室的壁画，又十分模糊地想起了前一夜仙女给她指出来的景象，她忽然感觉到修道院里的图画没有价值，而此时在她眼前的才真是无比美丽的东西。

她记得当她把两本画册放进箱子里的时候，她的父亲对她说道：

"这一本小的是你的，如果你有涂污纸张的兴趣的话。"

她于是找出那本画册，用袋里有的小刀削尖了铅笔，开始认真描绘那个穿着绿衣的林中仙女，朝阳的耀眼的光线把她照耀着。然后荻安娜注意到这个仙女没有跳舞，只是踱着一种不忙乱而柔和的步子，因为她将她的两只脚放在了负着她的云彩上，她的手拉着她的同伴的手，并表示拉她们跳舞的神气。

"或许这是一位缪斯，"荻安娜想道，在修道院里教外的寓言尽管是被禁止的，但是她还没有忘记她的神话。

荻安娜一边默想，一边临摹，她不太满意第一次画的，于是再画第二次、第三次、第四次，直到把半本画册都涂满为止。涂了这么多以后，她仍然不太满意。她正要继续画下去的时候，忽然感觉有一只小手放在她的肩上。荻安娜急忙转过头来，就看见她身后有一个十岁左右的小女孩，穿得贫穷，但面貌却是悦目的，这个女孩瞧瞧她画的图画，用一种讥讽的口吻对她说道：

"你把女人的画像描在书上，当做玩意儿吗？"

"是的，"荻安娜回答道。"你呢？"

"我吗，我从不那样做。我的父亲不允许我那样做，我因此从来不画坏书。"

"我的爸爸拿这个本子给我玩的，"荻安娜又一次说道。

"是吗？那么你的爸爸很有钱了？"

"我的天，我不知道。"

"你难道不知道什么叫做有钱吗？"

"不太知道。我从来没有想过那个。"

"那么，你一定是有钱人了。我很知道什么叫做贫穷。"

"我没有什么带在身上，但是我要去问我爸爸……"

"啊！你把我当成乞丐了吗？你太没有礼貌了，就是因为我穿的是布衣服，而你穿的是昂贵丝裙吗？你要清楚我的地位比你高很多。你不过是一个画家的女儿，而我是布朗士·德·比克多尔小姐，是比克多尔侯爵的女儿。"

"但是，你从什么地方见过我的呢？"荻安娜问道。她对于她不了解的夸耀，一点儿也没有感到晕眩。

"我刚才在堡寨的庭园里看见了你的爸爸，他在和我的父亲讲话呢。我知道你们在这里住了一夜，你的爸爸已经向我们表示了歉意，我的父亲本来可是一个真正的爵爷，你们要邀请他到一个装饰得好一些的房子里，不要让他住在这荒废的堡寨里。让我来通知你，你要在我家的新房子里吃午饭的。"

"我要到我的爸爸要去的地方去了，"荻安娜回答，"但是我非常想知道你为什么把这堡寨叫成是荒废呢？我相信，它始终是最美丽的，你真不明白那里面的东西！"

"那里面？"布朗士·德·比克多尔小姐带着愁苦然而却骄傲的气势说道，"那里面有蝙蝠、有大蛇和苎麻。你用不着讽刺我们。我知道我们失掉了祖先的大部分财产，因此我们被迫去过乡下的生活。但是我的爸爸曾经告诉我，那并不意味着降低我们的身份，因为没有任何人能说明我们不是比克多尔堡的真正的唯一的后裔。"

荻安娜越来越不明白这位小姐的语言和意思了。她天真地问她是不是戴着面纱的那位太太的女儿。

但这个问题似乎大大地刺激了这个年轻的女主人。

"你应该明白，"她悻悻地说道，"并没有戴面纱的太太，只有疯子和愚人才相信这样的傻话。我不是一个奇怪的女儿，我父亲的家世和我的母亲的家世一样好。"

获安娜感觉实在没有办法回答她了，便不再说，她的父亲恰好走进来，叫她准备一下要起程。车子刚才已经修好了。比克多尔侯爵坚决要让画家接受他请吃午饭的请求。在那个年代，大家在中午吃饭。侯爵的新房子就在山谷出口处，正好通向圣·约翰村的路上。这位侯爵经常到他祖先府第的废墟中来散步，那天碰巧他来了，他对这些被意外留下来的旅客们非常殷勤，态度坚决地要招待他们。

弗洛沙尔德放低声让获安娜在关闭这个箱子以前，穿上一件比较新的裙子，获安娜虽然性格单纯，但是一个很机智的小姑娘。她当初看见布朗士·德·比克多尔对她旅行时穿的简单装束已经非常嫉妒了，现在就不愿意打扮得更好看了，去增加她的愤恨。她因此请求她的父亲就允许她这样穿戴，她甚至把黑绒颈饰上的蓝宝石扣子拿了下来，放进了她的口袋里。

等车子重新装载好了，刚开始步行来堡寨的侯爵、他的女儿和弗洛沙尔德、获安娜都一起坐上车子。半个钟头之后，他们就来到了新房子。

这是一个小小的农庄，包括一所简陋的住宅，屋顶小阁上还刻着贵族的徽记。侯爵是一个表浅的人，出身虽然很高贵，却从没有受到足够的教育，很虔诚、很好客，可是忍受不住屈居于本省内一个小贵族的地位，他炫耀他的出身比吉阿当的八辈子爵要高贵得多。

他对别人没有嫉妒仇恨，觉得一个画家因为工作发财是理所当然的。他对这个闻名已久的弗洛沙尔德表示出了极大的敬意和热烈的欢迎，可是他对于自己缺少华丽的物品表示很抱歉，并且说在这个衰败的社会，只有贵但没有富是不会被人尊重的。

这并不表示他爱发牢骚。他天生郁郁寡欢，只求快乐地生活；可是他在他的女儿的面前不停地强调他的境况，那是错了。小布朗士性格嫉妒而且骄傲。她的性格天生就是愤懑的，这真的非常可惜，如果她对自己的命运能够满意的话，她就可以和其他人一样生活，做一个可爱的、幸福的小姑娘。她的父亲对她非常好，总而言之，她只缺乏外表的装饰。

午餐很干净，也很好吃，一个肥胖的乡下女人当这里厨师。她是布朗士的乳娘，是他们家唯一的仆人。

大家已经谈了很多事情，获安娜却都不感兴趣。但是当问题转到她她却不敢说出来，而实际上是非常不舍得离开旧堡寨的时候，她却尽量竖起耳朵来听。

她的父亲对侯爵说道：

"既然你已经感觉到了经济困窘，我很好奇你为什么把艺术品弃置不管？你本来可以拿它们来换一点好处的啊！"

"难道在我的堡寨里，还有什么值钱艺术品吗？"侯爵问道。

"在这个屋顶坍塌以前，应该是有的。我看见很多残片，如果能够及时地加以收集拯救，就可以送到意大利去，那里还是有人珍惜这种样式的古董的。"

"是的，"侯爵再次说。"如果有钱，我当时是能够救得一些的，我知道你说的那个，但是连这一点钱，我都没有。想要办理这件事，我们应该去请一位艺术家，请他挑选、估价，然后包装、搬运这些东西，而且还要有一个亲信的人去押运……你知道我不能去干商人的职业呀！"

"可是，在这附近，就找不到一个想买雕像和壁毯的人吗？"

"没有。因为今天的有钱人都看不起古董。他们只知道追赶时髦，时髦是砂砾，是滑稽，是用了香粉的牧童。因为现在已经没有人爱缪斯和林中仙女了。大家都喜欢的是伪装，是名利，是垃圾。你的意思难道不是这样的吗？"

"对于时髦，我从未说过它的坏话，"画家再次说道。"对于我的职业来说，我认为它是忠诚的、盲目的奴仆。可是时髦是变化的，人们的兴趣可能又会回到古老的格式，回到瓦洛亚时代的格式。如果你当时救了一些你堡寨里的装饰的碎片，并把它们保存起来，等时间一到，它们就会有价值的。"

"我没有救什么，"侯爵回答道。"因为当我出生的时候，我的父亲已经把一切的东西都败坏了。那是出于愤恨，也是由于骄傲，因为他不想出卖他的堡寨里的一粒石子，所以一直等到它快要倒塌在他的头顶的时候，他才离开它。我其实比他更加卑微，更加顺从老天的意思，才住在这小小的农庄上，这不过是我家巨大的产业的冰山一角而已。"

获安娜努力地了解她所听到的，她想是已经了解了，她在良心上感到懊悔。她从她的衣袋里拿出她在花坛那里捡起的各种颜色的小石子，于是送给弗洛沙尔德先生，说道：

"爸爸，这些小石子是我在堡寨的花园里拾来的。我认为它们和别的石子一样，但是既然你说侯爵让所有的一切损失，是一种错误，我应该把这些还给他，因为这是属于他的，我没有理由拿去。"

侯爵听完获安娜的可爱的话语后，非常感动。他把这些摩色图案的小石子放在孩子的手里并且说道：

"留着它们来当做纪念，亲爱的小姑娘。我非常抱歉，这些只是大理石子，玻璃渣子，几乎没有什么价值。我真的愿意把更好的东西送给你。"

获安娜迟疑着拿别人如此恳切地送给她的礼物。当她急忙地把她袋里的东西拿出来的时候，她也把她那粒蓝宝石的小扣子带出来了，她望望她的父亲，并且对他指指布朗士小姐，原来她正站在旁边专注地望着这个宝石，非常想去摸它的样子。弗洛沙尔德了解他女儿的心意，便把那粒扣子送给了比克多尔小姐。

"这是获安娜的意思，"他对她说道，"请你接受这个被雕琢过的小石头，我想交换你的那些漂亮的小石子，以便我们都有值得纪念的东西。"

布朗士立即满脸通红，一直红到耳根。她本来很骄傲，不愿意接受别人的馈赠，但是想占有这副可爱的钮扣的欲望，又使得她的心活跃起来。

"如果你拒绝接受这个礼物，你会使我的女儿感到非常痛苦的，"弗洛沙尔德对她说道。

布朗士用紧张的手捏住宝石，她几乎是从画家的手里把它夺了过去，立即便跑出去了，甚至没有道谢，她心里是多么害怕她的父亲让她拒绝这个礼物呀。

但是如果他希望女儿所有事顺从他，也许他会这样做的。但是他非常了解他的女儿的性格，她不愿意当着客人的面表现不快意的样子。他请求弗洛沙尔德原谅这个无礼的小野蛮人的态度，并且代替她道了谢。

午饭吃完后，弗洛沙尔德想在下午赶路，于是辞别了侯爵，并且对他说，如果他以后有机会到南方，希望他光临他家。侯爵也感谢客人给他带来的快乐时光，并且跟着他们再一次握手辞别。布朗士按照她父亲的命令，走过来，冷冷地吻了荻安娜。在她的脖子上已经戴上了那个宝石扣子，并且把手盖在扣子上面，似乎害怕被人夺走一样。荻安娜感到她的呆傻，但是为了好性情的侯爵，她勉强原谅了她。在临别时，侯爵又在车上的篮子里盛满了最好的点心和最美的水果，送给他们。

四　小巴克科斯

剩下的旅程平安地走完了。

荻安娜已经不发热了，而且已经恢复了她原来的颜色，弗洛沙尔德把她放在后母的怀里，说道：

"因为她生病了，我才把她给你带回来的。我想她现在已经康复了，可是还是应该留心，千万不要让她的热病再发作。"

荻安娜高兴地回到她的父母的身边，有很多天她真的像喝醉了的人那样快乐。弗洛沙尔德太太刚开始也很快活，很用心地照料她，送给她很多小小的礼物，外人看起来她好像非常爱荻安娜似的，但事实上她是把她当做一个洋娃娃来玩弄。获安娜听任她去烫头发，去给她打扮收拾。为了穿什么样式的衣服，而占去很多时间，但她也没有表示任何的不耐烦。可是她不经意地感到这么多的照顾，确实有些讨厌。当她被迫到镜子前面，去试试新衣新帽的时候，她抑制住呵欠，脸色也变得苍白。她不会按照她后母的喜好来打扮自己，当她按照自己的兴趣，穿着得简单的时候，她便遭到恶气狠声的抱怨，好像犯了错误一样。她想做点其他事，随便学点什么也可以。她问了很多问题，但弗洛沙尔德太太总是以为这些问题是傻的，不适宜的，总认为获安娜对于正经事产生好奇是没有好处的。获安娜不能不把自己对于想学习绘画的想法隐藏在心底。乐尔·弗洛沙尔德夫人总是希望有一天她的丈夫发大财，不再在家里绘画，她可以耀武扬威地在家里做起贵妇人来。

获安娜于是开始强烈地厌烦起来。她反而怀念她以前不喜欢的修道院了，这是因为在那里，她的生活最起码是有规律的。但是现在她的面色变得很苍白，而且她的脚步又变得迟缓，间日热也发作了，从日落以后一直到第二天早晨。

乐尔太太于是非常焦急，叫她服用大量的药物去折磨她，凡是到她家里来玩的太太的主意都会去尝试。每一天都会发现一个可以治病的新方法，但是又没有按照某一个方法继续治下去，因此病也一直没有好。孩子始终遵从这一切烦扰，告诉她的父母说她已经好了，不感觉有任何痛苦了。

弗洛沙尔德先生却没有像他的女人那么激动，相反他更加悲伤。白天他不得不从事绘画的工作，夜里就留在他女儿的身旁，听她发呓语，他怕她要疯狂了。

庆幸他的朋友当中有一个医生，他看问题冷静。他非常了解弗洛沙尔德太太，并且观察到了她对待孩子的方法。有一天，他对弗洛沙尔德先生说道：

"你应该让孩子停止服药，把那一切药丸、药水都扔到垃圾箱里，只把我的处方给她就好，千万不要让她违反她的爱好，因为她的爱好都是合理的。你难道没看见，你们很怕她生病，并强迫她不动，这反而使她病得更厉害了吗？她感觉非常苦恼。让她自由行动罢。对于学习，当她有兴趣的时候，应该帮助她向那里去发展。切记千万不要把她当做试衣服的小木偶，那件事情一定使她疲劳，并使她不快乐。让她的头发和身体自由自在，如果弗洛沙尔德太太认为她这样不好看。劝她别去照顾孩子，劝她去做其他事情罢。"

弗洛沙尔德先生恍然大悟，他知道乐尔太太不是好说话的，于是他设法使她有其他的消遣。他首先告诉她的孩子并没有很重的病，希望她重新恢复她的游玩、会客、到城里出席宴会、参加跳舞之类的社交生活。

这件事情并不难就办到了。荻安娜也因此得到了解放，陪伴她服侍她的乳娘像过去一样，并没有违背她的意思。

荻安娜向父亲请求说，在他工作的时候，她可以到他的工作室去，他立即允许她可以坐在一个小角落里，她很安静，有时看看模特儿，有时瞧瞧画布，她自己从不描绘，免得让旁边的人看了会发笑。她明白绘画是一种艺术，要从实际工作当中才能获得体会。

她非常想学习绘画，意念也十分强烈，好像已经成了固定的意念。可是她从来不敢说出口，她害怕她的父亲像从前那样说她没有禀赋，而且她的后母也会不赞成她的意愿。

弗洛沙尔德先生不会再反对她的意愿。费隆老医生告诉他留心她的倾向，他也期待着她表现从前描摹人像时的兴趣，他给了她绘图纸和许多铅笔。可是荻安娜从来不去用它们，她只瞧着她父亲的草稿和作品，不断地出神。

她时常想念比克多尔堡寨，因为有人有时在她面前谈到弗洛沙尔德先生曾度过一夜的那个废墟，她不愿意再相信戴面纱的仙女让她看的一切事情了。她非常抱歉也许因为在发热病里，她看得很模糊，如果那一次是在做梦，她希望再做一遍这个好梦。但是我们却不能做我们想做的梦，荻安娜浴室的缪斯也没有再来呼唤过她。

　　她是一个很有规矩的孩子。有一天，她在整理玩物的时候，她又找出了比克多尔堡花坛上的摩色图案的碎片和小石子。在那些石子中，她看到有一个硬的砂土球，犹如胡桃那样大，她把它拾上来，打算做一个弹子。于是她第一次拿它来试着玩。但是当她弹它的时候，发现上面的砂土会脱落下来，在里面包着一颗大理石球。只是这个球并不是很圆滑，只能说是椭圆形的，上面还有些凹凸的地方。获安娜经研究以后，才清楚，那是一个小头，一个孩子的雕像成的小头。这个头像看上去十分可爱，她不断地去转动它，去看它，有时把它放在阳光下，有时候把它放在阴暗的地方，在想像里都发现它有新的美丽。

　　一个钟头了，她还在沉浸在这样的想象中。医生悄悄地走进来，看见她，用一种和蔼的声音对她说道：

　　"你如此高兴地在看什么呢！我的小获安娜？"

　　"我不知道，"她红着脸儿回答道，"你来看吧，我的好朋友。我想是一个小丘比德的面孔吧！"

　　"我认为它更像是一个年轻的巴克科斯的面孔，因为在他的头发上有葡萄藤。你是在什么地方找到这个东西的呢？"

　　"在我爸爸昨天对你谈到过的那座堡寨的砂石里找到的。"

　　"能给我看看吗？"医生戴上眼镜说道。"哇！好漂亮，这东西！是一件古董。"

　　"换句话来说，它现在不能算时髦的东西吗？乐尔妈妈说过，凡是古老的都是丑的。"

　　"我的看法和她恰恰相反，我觉得新的东西才是丑的。"

　　弗洛沙尔德这时候走进来。他刚刚画完了一张画像，在开始另一场之前，他特意来找医生握手，问问他觉得孩子的身体怎么样。

　　"我觉得她非常好，"费隆医生回答道，"而且比你还要有头脑。她称赞这个被雕刻的小块，我打赌那是你所不会欣赏的。"

弗洛沙尔德明白这个东西是怎样到达荻安娜的手中以后，冷淡的望了她一眼，便把它扔在桌子上。

"总而言之，如果这是一个古董的话，并不比那个时代其他东西更加坏。我从来不能够像你这样特别喜爱古董，自信他有辨别能力，并且来下批评。我从不否认你的博学和你的知识，亲爱的医生；可是这样破败残缺的东西，你总是拿着信仰的眼光去看待它。我敢说我不能这样做。这一切所谓的罗马或希腊的艺术杰作，总会使我想到荻安娜的那个洋娃娃，不是撞坏了鼻子就是跌坏了腮帮。"

"这是亵渎呀，"医生带着怒气说道，"你敢来比较一下吗！哼，你真是一个肤浅的艺术家！你只知道手笼和花边，你从未想到什么叫生活！"

弗洛沙尔德早已习惯了医生的暴躁脾气，他含笑地忍耐了。就在这时，他的仆人走过来通知他，他的主雇，七锋侯爵夫人的马车已驶进了院子，他仍然带着微笑离开了。

"今天你非常厉害，我的好朋友，"荻安娜向医生开玩笑地说道，"我的爸爸是一位伟大的艺术家，大家都那么讲。"

"这就是为什么他不再讲傻话了，"医生回答道，仍然很激动。

"倘若他说的话不是真理，他不过是开玩笑罢了。"

"好像是吧！不要去管它了，但是你……你觉得这个小头非常漂亮，是吗？"

"嗯！真的很漂亮，我爱它！"

"你知道是因为什么？"

"不知道。"

"试着讲讲。"

"它笑，它年轻，它快活，好像一个真的孩子一样。"

"可是这是一尊神的肖像呀！"

"你说过的，他是一个酒神！"

"那么，这孩子与众不同吗？塑造它的那个人，应该这个孩子比普通的任何孩子要健康吧，而且要尊贵一些。仔细看看他的脖子上的筋肉，颈窝的力量和文雅，它的宽大的、低低的、而且高贵的额头上蓬松的头发。可是我向你说得多了，你还不能够完全了解。"

"说下去，我的好朋友。或许我会了解！"

"这样一直注意听不会使你疲倦吗？"

"恰恰相反，它使我休息。"

"嗯！你应该知道希腊的艺术家们都把伟大的情绪表现在小的物件上面。你还记得你曾看过我收藏的雕像吗？"

"当然，我记得非常清楚，还有城里的最美丽的收藏品；但是从来没人对我解说过这些。"

"等哪一天你来我家里玩，我会让你明白那些艺术家是怎样用素描的形式，最简单的方法，表现出美丽和伟大来的。你还可以看看后期罗马的半身像。罗马人虽然没有希腊人那样纯洁和高贵，可是也有很多大艺术家，他们永远是最真实的，可以在真实的生命里感觉到生命。"

"我不能了解！"获安娜说道，同时长叹了一口气。"我非常想知道你把它叫做生命的会是什么东西！"

"这个非常容易了解。你的衣眼，你的梳子，你的鞋子，那些不是都有生命的吗？"

"不会有的！"

"我的微笑，我的顾盼，我的前额上的皱纹，这些难道都是死的东西吗？"

"自然不是啊！"

"好！当你看见雕刻里或者图画上的一个人物时，你觉得它不会是活的，你可以放心，它一定不比洋娃娃的面孔更好看，它的衣服珠宝也不能帮助它有生命。你手里现在只拿着一个没有身躯的小头颅，而且还是被摩擦过的、弄坏了的头颅。但是它是有生命的，因为雕刻这小块大理石的那个人有知识和意志，要把生命赋给它。你现在懂吗？"

"我想我已经懂了，我懂一点，请继续讲下去。"

"不，今天已经足够了。我们下次再讲吧，不要丢掉了……"

"这个小头颅吗？啊！你不用担心，我太爱它了。它是从一个我从不能忘记的人那里得到的。"

"那是谁啊？"

"那位太太……我不能对你说那个，我！"

"那难道是你的秘密吗？"

"嗯！是的。我不想说！"

"不想对我说，不想对你的老朋友说吗？"

"你会取笑我吗？"

"我向你发誓我不会的。"

"你要说那是因为发热病。"

"什么时候我说过呢？"

"那会使我非常痛苦的。"

"那么，我决不那么说。你讲吧。"

获安娜于是说出她在比克多尔堡使她欣悦的事情和所做的一切幻梦，医生听的时候既不表示怀疑，又不发笑。他甚至还用问话的方式来帮助她好好地回忆，帮助她了解。对于他说来，在这个有诗意倾向的孩子的想象中，在这个喜爱神秘的孩子的想象中，这是由于在热病的症状上，一个非常有趣味的研究。他想不应该向她揭穿秘密的，他让她沉溺在怀疑里。他也不告诉她她所看到的和所听见的，都是非常确定的，真实的。他的样子像不大明白她究竟是否在做梦，在这样不确定的状态下，对她来说更是一种欢乐。并离开她的时候，他暗自想道：

"有人常讥笑孩子们天生的倾向，却不知道自己犯了多大的错误；阻止孩子们的才能发展，实在是罪过啊。这个孩子生来就是一个艺术家，可是她的父亲却还没有发现。希望上帝不让他去教她！他会带坏她的性格，使她讨厌艺术。"

　　对于获安娜真算是幸运了，她著名的父亲还没开动脑筋去叫她工作，见她身体纤弱，他于是事事都顺着她。她到医生家里，不只是一个早上。她把他的半身像、古董、小雕像、石刻、徽章、版画等等看了又看。他原本是一个良好的批评家，严肃的鉴赏家，虽然他从没有拿起铅笔来描绘过；他使别人了解到，这便是为什么他尽力启发获安娜，引导她想去描绘她所看见的东西。真的，当他出去诊病的时候，她在他家里画了很多素描。

　　孩子们，如果我说她画得很好，那是在欺骗你们。她现在还太年轻，太信任自己的心意，但她已经掌握了基本的认识：那便是她清楚自己的素描不值什么。从前她总是很满意从她笔端画出的东西。她凭着自己的想象，加上自己的幼稚，总画出些漂亮的人物，其实她画的都是些不成形的东西。当她画了一个圆圈，然后在下面接上四条腿，她便觉得自己画了绵羊，或者是画了一匹马。这些幼稚的想法已经消逝了，每次她描一些东西的时候。医生总是对她说："嗯！这不算坏，"现在安慰已成枉然，她总对自己说："不，这很差，我看得出来很差。"

　　有些时候她觉得热病阻止她看清楚，她总是让她的好朋友给她医治。他慢慢地把她医好了，当她感觉比较健康比较快乐的时候，她却不想去学习素描。她忘记了她的铅笔，她和她的乳娘在园子里或田野里一起散步，她感觉一切都是好玩有趣的，她恢复了气力，夜间也睡得很熟。

五　失掉了的相貌

　　五月里大家都离开城市了，住到了乡下。获安娜也很喜欢乡间。

　　有一天，她在一座树林边采摘紫罗兰时；这林子正好在她一位邻居太太的花园和父亲的花园当中。她于是听见在离她不远的地方，有人在交谈，从树枝当中望过去，她看见了她的后母正在会那位邻居太太；后母穿了一件漂亮的纱裙罩在玫瑰色的薄绸裙子上。乐尔太太发现那位邻居太太在树林里散步，她穿得相对合适一些。她们两人同坐在一张凳子上。

获安娜走过去和她们打招呼，跟着羞怯地呆站在那里。她并不是无礼野蛮的，可是乐尔太太对她是如此的冷淡，以致于孩子不明白去招呼她是不是会使她高兴。因此获安娜不安又愁闷地走开了，再一次去采摘紫罗兰，她不敢走得太远，担心有人呼唤她。

因为孩子在矮树丛的后面，两位太太看不见她，获安娜听见乐尔太太对她的朋友说：

"我还以为她是来向你请安的，可是她却将自己藏起来了，免得找这个麻烦。这个可怜的孩子，自从不允许我管教她以来，她是越来越没有礼貌的了！你要怎样呢，她的父亲是软弱无能的，被费隆医生完全控制着。那个人就像一只奇怪的熊，他命令那孩子不去接受教育。你看这便是得到的效果！"

"真是可惜，"邻居太太说，"她长得漂亮，看起来也很温柔。我常常能看见她在我的花坛走动，她不采摘，一看见我，就向我打招呼。如果她穿着得更好看，她就完美了。"

"是的，穿着得好看些呀！亲爱的，你看啊那个老医生竟禁止她穿紧身背心！腰上也不可以用一根鲸骨！你想她怎么能不变成驼背？"

"可她的背并不驼呀。恰恰相反，她的身材也很好看，不需要束紧便能穿好看的衣服，可是关于她的裙子，不该省减了装饰。"

"唉！是她自己不要装饰的。这个孩子不太喜欢穿好看的衣裳。她像她的娘一样，她的娘是一个家庭妇女，仅仅喜欢下厨，不喜欢有高贵的举止和好的风度。"

"我认识她的亲娘啊，"邻居太太又说道，"她是一个很善良的女人，不但通情达理，而且出色，我敢向你保证。"

"啊？有可能是的！我呢，是听着别人那样讲。弗洛沙尔德先生把她的相片藏起来了。他从来没有把她的相片给我看过。他不要我谈起她，总之，这和我没有什么关系！各人按照自己的方法去教育孩子！只要不来干涉我！可是我真的爱她，如果别人允许我使她变得可爱的话……可惜了……"

"那么，她是愁闷的令人讨厌的么？"

"不，亲爱的，她比那个还要差劲。她是恍惚的、糊涂的，我想她还有一点呆傻。"

"可怜的孩子啊！别人连什么都不教她的吗？"

"什么都不教！她甚至连在自己的头发上怎么结一条缎带，插一朵花都不知道。"

"我觉得她爱素描哩！"

"是的，她爱那个。但是她的父亲说她没有一点天赋，她对于绘画一点也不了解啊；正如她对其他事情，一点儿也不知道一般。"

荻安娜听不下去了。她用双手蒙住耳朵，并跑到林子的深处，在那里偷偷地哭了个痛快。她不知道为什么感到极大的痛苦。是因为被人当做傻而感到屈辱呢？或者因为被父亲看做无能而令她气愤呢？或者说是因为发现了没有被人爱而痛苦呢？

"可我的爸爸是爱我的，"她对自己说，"至少我相信那个。即使他觉得我又呆笨又愚蠢……那是可能的；可是他并不会因为我呆笨愚蠢就减少爱我了。只有乐尔妈妈不关心我，看不起我。"

一直到那个时候，以前荻安娜总是尽力去爱乐尔太太。可这时候她才觉得乐尔在她心里并没有什么位置，她第一次开始想念她的亲娘，努力去回忆她，但这是不可能的；当她失去了她的时候，她还在摇篮里，一点儿感觉也没有。她回忆她父亲和乐尔太太结婚时的记忆也很模糊，只是注意到了那一天她的乳娘很烦恼；她只是回忆起乳娘那天望着她说了又说："可怜的孩子！这对于她真是悲惨啊。"

乐尔太太曾经吻过荻安娜，喂过她很多的糖果，孩子也没有再发觉乳娘的愁苦。现在当她听见她的后娘谈起她和她死去的亲娘，方才开始想起过去的事，虽然并没有人向她说起过她的母亲，可是她现在真切地想念着，感受到有生以来莫大的痛苦。这是她新发现的隐藏在她心里的一种真情。她情不自禁地躺在草上，呜咽地叫道：

"妈妈！我亲爱的妈妈！"

接着她从盛开的丁香花丛中听见一个温柔的声音在回应她：

"我亲爱的荻安娜，荻安娜，我的好孩子，你在哪里？"

"这里，在这里，我在这里！"荻安娜一边大叫，一边激动地跑去。

那声音又一次呼唤她，可一会儿在这一边，一会儿在那一边。她跑着去寻找那个声音，她跑到大河边，自己也不知道到了什么地方。她走了下去，坐在一只银眼金鳍的海豚的背上，此刻她不再想到她的母亲了。因为她看见了半人半鱼的妖怪，正在河的中间采花。忽然间她又爬到了高山顶上，一个高大的、雪堆砌成的雕像对她喊道：

"我就是你的母亲，快过来吻我呀！"

她无法动弹，因为她也成了雪堆成的雕像，她滚到了山谷里，跌成了两段，可是在那里她又见到了比克多尔堡寨和那位戴面纱的太太，她向她做着手势，示意她跟着她走。她试试又叫出来："请你让我看看我的妈妈！"但是戴面纱的太太马上变成了白云，荻安娜马上苏醒过来，感觉有一个吻印在她的额头上。那是她的乳娘，惹弗锐特；她把她扶起来，对她说：

"我找了你都有一刻多钟了。不要像这样在青草上随便就睡着了，土地还凉得很哩！我给你带来了你的点心。快起来，不然你会生病的！到这里来，到阳光底下吃吧。"

荻安娜觉着不饿，她已被她的梦弄糊涂了。她把这场梦和从前做过的梦混淆起来。过了一些时候她才恢复过来，忽然间她问惹弗锐特：

"鲁鲁，我妈妈在哪里？我说的不是现在这个妈妈，不，不！不是乐尔太太；是指我的亲生妈妈，从前那一个妈妈？"

"啊！我的天！"十分惊讶的惹弗锐特说道，"她在天上，啊，你一直知道啊！"

"是的，你曾经那样对我说过！但是天又在哪里呢？从哪里才能爬到天上去呢？"

"我理解你的心情，我的孩子，需要善心，忍耐，"惹弗锐特回答道，其实乳娘一点儿也不傻，虽然她很少讲话。因为若是没有需要，她就从不开口说话。

荻安娜低头认真思索起来。

"我知道，"她说道，"我还只是一个小孩。我还没有理解那些的能力。"

"有的！像你这样大的年纪，已经算是有足够多的理解能力了。"

"可是，我还是很傻，不是吗？而且我令别人讨厌？"

"为什么要这么说呢？你看我讨厌过你吗？你的父亲爱你，医生也很爱你。"

"可乐尔太太呢？"

惹弗锐特从来都不撒谎，因此她沉默了。荻安娜又说道：

"唉！我很明白她不爱我。可请您告诉我，我的妈妈她爱我吗？"

"毋庸置疑她很爱你，虽然你那时候你还是一个婴孩。"

"可现在，如果她看见我，她是不是会更爱我一些或者不爱了呢？"

"母亲是始终都一样爱着儿女的，不管多大年纪。"

"那么，我真是不幸啊，没有了母亲。"

"你应该自己去补偿这个不幸的，你应该永远那样的善良，那样的懂事，就好像她看得见你一样。"

"但是她实际上看不见我呀！"

"啊！我并没有说那个！我不确定，但是我也不肯定地说她看不见你。"

这样的回答对荻安娜是最合适的，因为她是有想象力和有心肝的人。她抱吻她的乳娘，问了她关于她母亲的成千上百种问题。

"好孩子，"惹弗锐特说道，"你问我太多了。我认识你的妈妈，也只有很短的时间。但在我心里她是世界上最美丽最善良的女人。我为她哭了很长时间，现在想起来还想哭。如果你不想使我痛苦，就请你当着我的面不要老是谈到她。"

原来她发觉荻安娜太激动了，她便用这样的回答来平抚她。她努力使她心宽，但是晚间孩子又发了一点高热，整个夜晚，她都在做着各种混乱疲倦的梦。第二天早上她退了热，睁开眼，看见天已经亮了。透过她蓝色的帐子看外面，她的房间整个也是蓝色的，她没办法分辨任何东西。渐渐地她才看清楚，有一个人站在她的床前。

"是你吗，鲁鲁？"她问她。

但是那个人什么也不说。荻安娜听到惹弗锐特在她自己的床上咳嗽，那么来看望荻安娜的人到底是谁呀？

"是你吗，乐尔妈妈？"她又问道，忘记了她曾对自己说过的坏话，只觉得自己还能够继续爱她。

那个人仍旧不回答。荻安娜忽然看见她脸上蒙着一层面纱。

"啊！"她开心地叫道，"我认识你！你是那边的好仙女！你终于来了！你是来做我的母亲吗，你？"

"是的，"戴面纱的太太回答道，声音像水晶那样的清澈。

"那你爱我吗？"

"是的，如果你也爱我的话。"

"啊！我很愿意爱你的呀！"

"你要同我一起去散步吗？"

"当然好啊，马上就走。但是我还很羸弱！"

"那让我抱着你。"

"好的，好极了！让我们马上去吧！"

"你想要看什么呢？"

"我的亲生母亲。"

"你的母亲吗？……那就是我。"

"这是真的吗？啊！那么，请脱下你的面纱，我要好好看看你的面容。"

"你知道我已经没有了！"

"唉，唉！那我永远都不能见你的面貌了吗？"

"那就得靠你自己了。当你可以把我的原来的面目还给我，那时候你就能看见我真实相貌了。"

"啊！我的天，这到底是什么意思呀？这让我怎样办呢？"

"我需要你把它重新找出来。随我来，我让你知道很多的事情。"

戴面纱的太太把荻安娜抱在胳膊里走了……我无法告诉你们她们走到了什么地方，荻安娜自己也回忆不起来了。她好像看见了许多很美丽的东西，因为当惹弗锐特走来要唤醒她时，她用手把她推开，转身向床里边再继续睡，想再去追寻梦境。可是她的梦突然改变了，戴面纱的太太已经变成医生的面孔，穿着医生的衣服。对她说道：

"乐尔太太爱不爱你，和我有什么关系呢？除了她以外，我们还有许多正经的事情要处理哩！"

跟着荻安娜梦见她的床上堆满了画像，而且一个比一个美，每次当她看见女神或者缪斯的肖像的时候，她便叫道："啊！这就是我的母亲，我敢确定！"但是转眼那肖像又变了样，她再也找不着她认为已经认出来的相貌了。

快到九点钟的时候，惹弗锐特请来的医生跟着她的父亲一起走进屋子里来。孩子已没有发热，病势也已经过去了。大家在白天悉心地照顾她，所以夜里也很平静。两天以后，她又恢复了健康，谨从医生的吩咐，她又开始她的悠闲散步和无忧无虑的生活。

六　要寻觅的相貌

在那一年里的某一天，观察仔细的医生，感觉这家人有了变化。乐尔太太想把荻安娜再送回修道院的企图，已经不能够继续再在她的心里隐藏。不是因为她嫌弃她，乐尔太太也不凶恶，她只是轻浮虚荣。她认为荻安娜呆傻，只因为她本人才是真正呆傻的。她因为自己不能去管教她，感觉伤了颜面，不能把这个玩物弄到自己的手心上去耍玩，感觉受了屈辱。她不停地对她的丈夫说这孩子什么也不干。她觉得要把孩子引诱到去过像她那样无聊、浮华的生活，才算是正确的生活。弗洛沙尔德不知道如何是好。他在他女人的无理取闹和医生的劝告当中彷徨不定。他带着焦急和怀疑的眼光望着他的女儿，他不明白这个孩子究竟是像费隆先生所说的那样，她的智慧超群呢，抑或像乐尔太太所指责的那样，她是野蛮而又没有教养的呢？总之，为着她的前途，是不是把她再交给在芒德出家的姐姐看管要好些呢？

在荻安娜这方面，自从她被惹弗锐特聪明的话语所安抚以来，一方面由于她的健康渐渐恢复，另一方面由于她的不知抱怨的好天性，好像对于她继母的辛辣的斥责，也不再记恨了。但是她不再爱她的继母了，也不再渴望她的继母爱她。这位美丽的太太和她毫无关系，她想念着别的事情。

她学习的热情再度高涨，而且她现在想学习的不只是素描，还有历史。医生教她艺术的历史，使她发现历史的有趣和重要。她关心着世界上的事物的"为什么"和"怎么样"。医生对她说道："还早着呢，像你这样的年纪，对于人世间的糊涂事儿，最好是什么也不懂。"但是要想真正了解任何一种艺术的历史，而不去涉及它的退化和进步的原因，换句话说不去涉及人类整个历史，那是不可能的，所以他不得不认真地教育起她来。她竖起耳朵贪婪地听他讲，他很抱歉不能多多地照顾她，特别是在她自己的家里，荻安娜几乎不能接受任何严肃一点的教育。弗洛沙尔德说过要为他的女儿请一个女教师，但是很明显没有任何一个人能够和乐尔太太相处。于是医生下了这样一个决心：

"我想，"他对艺术家说，"你就把你的女儿和她的乳娘交付给我吧。"

"你是在开玩笑吗？"弗洛沙尔德叫道，"你是让我把我的女儿送给你吗？"

“是的，把她交给我，同时又不让她离开你，因为在城里犹如在乡间，我们又是门对门的邻居。如果你愿意，她每晚回到你的家里去睡觉；但是从早到晚，她都呆在我的家里，来按照我的方式看护她，教育她。”

“可是你并没有时间呀！”弗洛沙尔德说道。

“我有时间的！我已经年老了，财富也够了，我有理由退休了。我把我的职业让给了我的侄儿，他刚完成他的学业，而且他很聪明。我是把他当做自己的儿子养育的，我始终都想抚养一个女儿，我想把我的财产分别赠给两个不同性别的孩子。嗯，你觉得合适吗？”

医生最后这句话，实在太有力量了。弗洛沙尔德对于他的女儿这样美好的将来，实在没有理由拒绝，特别像乐尔太太现在所过的阔绰的生活，他担心将来有一天，连他自己的财产也会保不住的。为了满足她奢侈的需要，他早已经被迫欠下债务。他接受了医生的提议，乐尔太太也很乐意这样做。她觉得让孩子和惹弗锐特完全住在医生家里，都方便得很。弗洛沙尔德听从了他太太的意思，于是荻安娜便移居到一个漂亮的小房间里去，而惹弗锐特就住在她的隔壁。

医生履行了他的诺言，他放弃了职业上最主要的一方面。因为大家一直把他当做一位大医生，所以他每天在他的女学生休息的时间里，从事两个小时的诊疗工作，而在这两点钟以内，荻安娜回到她父亲的家里去。费隆先生的侄儿兼继承人马斯南先生，晚间总来跟他汇报情况，把严重或有趣的病情告诉费隆，以征求他的意见。如果还有时间，他便和荻安娜闲谈、游戏。他把她当做小妹妹，因为马斯南也是一个好孩子，他对她丝毫没有嫉妒之心。他从舅父那里得来的教育、知识和顾客，自认为已经很丰裕了。有这样一个好品质的继承人……孩子们，你们看奇妙的事在自然界里还是存在的，虽然像这样的情形并不多，总之是有的，我已认识到了。

就在这样的情况下，荻安娜变得很幸福，也很勤学，而且很健康。她好像失去了一点对于素描的热情；我们可以这样说，虽然她还年轻，可是她已明白一切成功的关键都在于智慧，如果一个人只知道一件事情，那便等于他什么事情也不知道。

当获安娜长到 12 岁成为一个少女时，她还是一个美丽的小女孩，快活、单纯，对于一切人都是善良的，从不炫耀自己，也不想惹起别人的注意。可是，想对于她的年龄说起来，她是接受了很多教育的。她的智慧，有它严肃和热烈的一方面，是别人所不知道的。她绘出了很可爱的油画，原来她看着她父亲工作的时候，也学会了一点用笔的方法。但是她已不再把她画的东西随便拿给人看，因为有一次医生说很好，弗洛沙尔德先生却说很坏。获安娜觉得医生虽然对于批评有很好的建议，只是他不懂得实践。他培养了她对美的爱好，但是他无法教给她捕捉美的方法。同时她也发现他的父亲的那一套办法和医生的理论完全相反，由于他自己的画法以外的东西，他都判断不正确，所以他很可能不自觉就犯了错。

可获安娜自己明白这个吗？这便是她急于想要知道的。医生对她父亲的批评，明显是正确的，她将如何判断呢？医生不能够拿起笔，无法画好一条线，她又将怎样看待他的批评呢？这个问题很严重地搅扰了她，因此她好像又害起病来。只是她长大了许多，也不再如从前那么瘦弱了。医生诊疗她，也并不感到焦急，只是努力寻找使她的热病再发作的精神上的根源。惹弗锐特对医生说，据她看，大概获安娜画得太多了。因为获安娜不愿意别人看见她工作，她常在天亮以前就起床了，乳娘在旁边观看发现她在素描的时候，时而满脸通红，好像欢喜得快要发疯；时而脸色灰白，失望得满眼是泪。

医生决意要让他的心爱的养女说出她的心事来，尽管她不想说，可是她却无法拒绝他的慈爱的问话。

"嗯！"她对他说，"我承认，我有一个固定的心结。我应该找出一个相貌，可是我却一直没有找着！"

"什么面貌？仍然是那个戴面纱的太太吗？儿童时代的幻想又出现在现在这样懂事的大姑娘的脑子里了吗？"

"唉，唉！我的朋友，其实那幻觉从来没有离开过我，自从戴面纱的太太对我说：'我就是你的母亲，当你能把我的面貌还给我的时候，你就能看见我了。'我没有立刻明白她的话；但是渐渐地我体会到了，我应该去寻找，描绘出我从来没有看见过的一个面貌，而那便是我母亲的面貌，也就是我正找寻的面貌。有人告诉过我她很美！可我也许没办法绘出一些接近那美貌的东西来，除非我有极大的才能，所以我希望有才能，可是才能不是自己到来的。我对我自己不满意，我涂抹掉或撕碎掉我所画过的东西。我画的像都丑陋得丝毫没有意义。我观察过我的父亲怎样美化他的模特儿，真的，他的确把她们画得美极了，到现在我才明白，他的成功就是从那个秘诀来的。唉，这就是我的心事！当我看见那些模特儿，他们不全是漂亮的，来请他画像的人中有一些太太是很老的，也有些先生是很丑陋的，可最后我觉得连最丑的都变做……怎样说呢？在我的父亲的画布上，都变成可称赞的肖像了。他们在相貌上，其实每一个人都有一些与众不同的特点，那正是我父亲认为应当取消的，而且他们也很高兴别人把自己的丑陋给掩盖了。而我呢，在我的头脑里，我要按照他们的真正的模样绘画。我很清楚，如果我学好了绘画，我将做出和我父亲相反的事。这便是使我不安而且烦恼的事，因为他是真的有才能，而实际上我却没有才能。"

　　"他有才能，而你没有，那的确是确定的，"医生说道，"但是你将来会有才能，只是才能迟迟到来，使你感到焦急。当你拥有了才能的时候——我不会说你将来的才能将比他现有的还大，我不敢确定——但是你所拥有的，的确是另外一种才能，因为你一直在用另外的眼睛观看。他不能够教你什么，得须你自己去寻找，可是这需要时间。你想走得快，这样你便是冒着绝不会拥有才能的危险。你发热，一个人身体不健康的时候，绝对不会做出有价值的事情来。至于你要寻找的那个面貌，如果为了赶走总是缠绕着你的那个戴面纱的太太，那是很容易使你认识那个面貌的。你的父亲有一张你的母亲的纤小的毕肖的画像，非常精致。那不是他画的，而且他也不爱它，因为那是和他的画法完全相反的。他没有把它给其他人看过，因此认为那个完全不像她。而我却认为完全像她，我可以向他要了来，然后给你看看。"

那时候荻安娜极其迫切地要认识她母亲的相貌，她激动地向医生道谢，带着莫大的欢乐接受了他的建议。费隆先生向她许诺第二天便可以把这个小画像放到她的眼前。但他要她答应在这期间保持安静，而且保证以后工作时不那样急躁，要承受更多的忍耐。

"你还需要学习 10 年，"他对她说道，"才能真正了解你的工作。你该多看看大作家的著名作品。当你长大到可以领悟的年龄，我们就去旅行，然后你跟随高明的画师学习，只是因为在这里，在你父亲的眼前，这是一种大不敬。大家都认为他是世界上的第一位画家，如果看见你去跟随另外一个老师，他会伤心的。"

"啊！我不可能那样做，我明白！"荻安娜叫道，"我会尽量忍耐，我的好朋友，我会永远通情达理的。我向你发誓。"

她努力履行她的誓语，但是只要她一睡着，就会看见戴面纱的太太，邀请她到比克多尔堡去游玩。可她们刚刚走到那里，一个又瘦削又漂亮的大姑娘就请她们赶快离开，因为堡寨快要倒塌了。荻安娜认出来这个年轻的姑娘不是别人，正是比克多尔的布朗士小姐，当荻安娜喊她名字的时候，她回答道：

"你很容易就把我认出来了，因为你看到了我脖子上还戴着你送给我的蓝宝石扣子。不然，你便不会知道我是谁了。因为你的记性太差，你曾笨拙地描绘过我的肖像。赶快离开这里吧。堡寨在叹息，在崩裂。它已经疲倦于抵抗暴风雨，现在一切都要塌了。"

荻安娜害怕起来，但是戴面纱的太太做手势叫布朗士走远，她却跨进排列圆柱的回廊，再用手势叫荻安娜跟着她过去。荻安娜顺从了，于是堡寨就倒塌在她们的身上，可这个对她们却丝毫没有损伤，不过像一阵雪风刮过，地面上铺满了美丽的浮雕石片，而且一个比一个好看，从云彩上纷纷落下来。

"赶快，"戴面纱的太太说道，"我们快找面貌吧。它应该就在那里面，可这要你自己去认出来。如果你办不到，算你倒霉，那你便再也不能认识我了！"

荻安娜仔细地找了很久，拾起了各式各样的雕石，有的是在硬石上刻出凹下去的图像，有的是在贝壳上刻出凸出来的浮雕。这一个的脚极其优雅，那一个的侧面是极其妩媚或者极其严肃的；还有一些像古代面具那样的褶皱装饰，大多数都是严谨的或者沉郁的，刻工都很精细，不得不引起她的赞美。但是仙女又催促她起来：

"赶快，"她说，"不要尽瞧着这些东西玩，只有我的面貌，才是你应该寻找的。"

接着荻安娜在她手边看到一个透明的玛瑙石，在它上面雕刻着一个白色无光的侧面像，唯美，头发朝后披拂，扎着一条缎带，额上还有一颗星。这个小石头，起初只有嵌在戒指上的宝石那样大，但是当她注视着它的时候，它便膨大起来，一直涨到把她的手心都占满了。

"哦，谢天谢地！"仙女叫道，"你终于找着我了！这就是我，你的缪斯，你的母亲，你要知道你一点也没有弄错！"

于是她解开系在脑后的面纱——但是荻安娜根本看不见她的面貌，因为幻影渐渐消逝了，她又大失所望地醒来了。可是梦中的景象是那样的真实，那样的动人，使她无法马上恢复神志，她攥紧自己的手，以为手里还握着那块宝贵的雕像，这可贵的宝石至少还保存着她苦苦追求的宝贵的形象。真可惜呀！幻影转眼就消逝了。她枉然捏紧了自己的手，接着她伸开指头，掌心里什么东西也没有，什么也没有。

当她起床的时候，医生拿着一个用金钮扣装饰的皮盒子走进来，他正打算把它打开，以为这一次会使她得到一种甜蜜的欢乐时，但是她却把它推开了，叫道：

"不，不，我的好朋友！现在还不是我看她的时候哩！她不愿意我这样做。我需要单独把她寻找出来，否则她会永远抛弃我的！"

"随你的便吧，"医生回答道，"你有你自己的想法，不是我能够了解的；可是我不愿意违背你。我把这浮雕的相片给你留下，它已经是属于你的了，因为你的父亲已把它给你了。等在梦中跟你说话的仙女允许你，或者在不久以后你不再相信仙女的时候，你就可以打开去看它。你已经长大到能够分别梦幻和真实的年龄，因此我并不为你的理智担心。"

获安娜谢谢费隆先生对她所说的话，和他为她带来的珍贵的礼物。她吻了那装相片的盒子，可没有把它打开。她把盒子珍藏在她的写字台里，并且对自己发誓说一定等到那神秘的缪斯的允许——她实践了她的誓言。她极力抵抗着急欲想认识那亲爱的面貌的意愿，勤勤恳恳地在她的笔端去寻觅。同时她也对她的好朋友实践了她的诺言。她更有耐心地更努力地去工作，并不想立刻成功，只是努力学习素描，并不妄想在一两天之内创造出美丽的相貌来。

一个奇怪的想法，帮助她忍耐的，就是她完全记得她在梦中所看见的和所触摸到的那个美丽的侧面像。她每次只要一想到它，便立刻在她脑海呈现出来，总是一样的鲜明；她不敢想得太频繁，也不敢想得太长久，因为如果她那样想的话，那形象便颤抖起来，好像要溜掉似的。

七　再找着的相貌

她继续锤炼自己，让自己感觉到美满的幸福，一直到了有一天，也就是大约在她 15 岁的时候，她发现她父亲心情愁闷，连面容都变憔悴了。

"你病了吗，我亲爱的父亲，"她一边说道，一边吻他，"你已没有往常的面貌了。"

"唉！"弗洛沙尔德带着一点慌张的神情回答道，"你从面孔上就能够看出东西来吗？你？"

"我试试看，爸爸，我在努力做，"获安娜回答道，她明白在父亲的话里，有对她追求艺术的不幸的热情讥诮的意思。

"你努力在做！"弗洛沙尔德依然带着愁苦的表情研究她，说道。"你为什么把要做艺术家这个想法，放进你的脑子里呢？你根本不需要这样做的，因为你已经拥有了第二个父亲，比第一个父亲更幸福更聪明。你想去体会工作的艰苦，其实你完全可以免去这个烦恼的！你这是何苦呢？有什么好处吗？"

"我无法回答你，我亲爱的爸爸。那不是由我自主的，可是如果我的想法使你不高兴了，我可以放弃它，当然放弃了它也会使我感到痛苦。"

"不要，不要！玩玩吧，做你愿意做的，去憧憬不可能的事吧，那是青年人的理想和幸福。以后你便会明白天才并不能拯救命运和消除灾祸！"

"我的天！你不幸福？你？"获安娜嚷道，同时投入她父亲的怀抱。"那怎么可能呢？怎么了？为什么呀？你应当告诉我。如果你不幸福，我也不会幸福了。"

"什么都不要担心，"弗洛沙尔德回答道，同时亲热地吻她，"我这么说是为了考验你。其实我并没有任何的愁苦，我是只疑心你已不再爱我了，因为……因为我放弃了对你的教育，把你交给另外一个人去照顾。也许你以为我是一个冷酷的、轻浮的、任人摆布得像孩子一样的……一个不称职的父亲。"

"不，不，我的父亲，我一直都崇拜你，我从来都没有那样想过。我怎么可能那样想呢？天呀！"

"因为有时候连我自己都这样想过，我责备我自己。现在，只是我想到如果我遭遇了财产上的灾祸，将不会牵连到你，在这点上我也感到欣慰了。"

获安娜还想问问她的父亲，可是他不想继续说下去，故意谈起别的事情，接着又专心工作去了。同时他是激动的，不耐烦的，好像很厌恶他自己的工作似的。忽然他愤怒地扔掉他的画笔。说道：

"今天画不好，糟踏了我的画布。再画下去，我一定会把它撕碎的。来，陪我出去走走！"

当他们正准备走出房门的时候，乐尔太太走了进来，穿着和往常一样的盛装，可是相貌也变了。

"怎么，"她对她的丈夫说道，"你不工作了？可是今天下午，你要把这张画像交货了呀。"

"可如果我只能在明天交货呢？"弗洛沙尔德冷冷地回答，"难道我是顾客的奴隶吗？"

"不，但是……你必须在今天夜晚得到这幅画的工钱，因为在明天早上我……"

"啊！是呀，你的裁缝师，你的衣料商。他们一定都等得不耐烦了吧，我知道，如果我不能使他们满意，又会有一场吵闹的。"

荻安娜既惊讶又恐惧，睁着一双大眼睛，惹怒了乐尔太太。

"我亲爱的好孩子，"她对她说道，"你打搅你的父亲了，使得他无法工作，特别是在今天，他应该工作。你就让他静静地工作吧。"

"你的意思打算把我赶出我自己的家吗？"荻安娜惊惶地说道。

"不，决不！"弗洛沙尔德先生大声地说道，同时把她拉过来让她坐在自己的身边。"不要走！你决不是在打搅我，你！"

"那么，一直都是我在啰嗦了，"乐尔太太说道，"我明白，我也清楚，我该做什么。"

"随你的便，"弗洛沙尔德用一种冷漠的语气说道。

她冲了出去，荻安娜的眼泪如雨点般落下来。

"你怎么了？"父亲问她，同时强颜微笑。"我有时候和乐尔妈妈吵吵嘴，跟你有什么关系呢？她并不是你的亲娘，你不会深深地爱她吧？"

"你并不幸福，"荻安娜哽咽地回答道。"原来我的父亲是不幸福的，以前我还不知道哩！"

"不，"他马上又恢复了他往常轻快的声调说道。"人并不会因为遇到了困难，就感觉不幸。我曾经遇到过相当艰巨的困难，我承认那个，可是我会想尽办法克服它。我只须再多做一些工作就可以了。我本以为可以退休了，我也曾经积蓄下一笔不算小的财产，大约有 20 万法郎呢。在外省这数目可以算得上很可观的一笔财富了。但是我应当向你说明，因为总有一天你会明白的，我们过着过于阔绰的生活。我不认真地修建房屋，用费竟可怕地超过了预算。总之，现在我必须把它赔本地卖出去，因为债主们正急迫地在向我索债。如果你听人说我破了产，千万不要惊讶。更不要因此悲伤，因为人们总是爱夸大事实的。我将卖掉我所拥有的一切，我的债务将可以付清，我的荣誉将可以救赎。你也不会因为你的父亲感到羞愧，放心！我将补救一切。而且我还年富力强，我要我的顾客们付出更高的代价，他们会同意的。过一些时候，我希望还能为你积蓄一笔嫁妆，如果你不着急出嫁的话，否则只能由医生先为我付了。"

"啊！先不要讲到我吧，"获安娜叫，"我从来没有想过要结婚，我也没有担心到将来。只说你自己吧。是不是城里的这所房子，你这样布置、这样装备好起来、这样心爱的房子也要卖吗？不，那是不可能的，你要到哪里去工作呢？还有你乡下的房子……你能到哪里去住呢？"

弗洛沙尔德看见获安娜为着他悲伤得比他自己还更心痛，勉强对她说道，也许他能得到宽延。但是她担心她的父亲过度地工作，她害怕他因此生病。她假装平静，但是这只是为了讨他的欢喜，她伤心地走了回去，在内心里哭泣了一整夜。她不敢向医生哭诉她是怎样的悲痛，她怕他听见了反过来责备她的父亲。她同她的老朋友下完棋，然后退到她的房间里痛痛快快地哭了一场。

她睡得很少，梦也没做。像平常的日子一样，大清早她便开始想工作，想借工作消遣时间，但是乐尔太太想要使她的父亲因工作过度而死亡，那个残酷的做法总是出现在她的心里。如果她的亲娘还活着，弗洛沙尔德一定是明智而且幸福的。

于是她在心里又痛哭起她的母亲来，可是这和第一次不一样，是因为自己而悼惜她，这一次却因为她可能给父亲的幸福，因她的死亡而带走了的幸福，悲伤起来。她机械地、不知不觉地描绘着，不知道她的手在怎样地活动。她在她的灵魂深处追念她的母亲，她对她说：

"你在哪里啊？你看得见现在的景况吗？你一点儿也不能告诉我应该怎样安慰、拯救那个被一个外来的人所蹂躏、所压倒的人吗？"

忽然间她感觉有一股热气从她的头发尖上掠过，听见一个柔弱的声音，如早晨的微风一样，在她的耳边说：

"我在这里，你找到我了。"

获安娜打了一个寒战，回过头来时，她的背后并没有人了。在房里，除了在白杉木的地板上，有被风扰动着的菩提叶的阴影之外，再也没有其他的活动。她看看她的图画纸，一个很隐约模糊的侧面像描在那上面，这是她自己以前描上去的。后来她再描上去一些，刻画了一下面貌，一直没有重视。后来又把画像头上的头发加深了些颜色，再在那上面加上一颗明星和一条细带，纪念她在梦中所看见的有浮雕的美丽石子，她淡漠地瞧着画像，惹弗锐特走进房间来收拾东西。

"我的孩子，啊！"那善良的女人走近她说道，"今天早上你还满意你的工作吗？"

"还不是和平常的日子一样，我的惹弗锐特，我根本不知道我在做什么了……但是你怎么了，看你脸也白了，满眼都是泪。"

"啊！我的天哪！"惹弗锐特叫道，"这怎么可能呀？这个面孔是你画的吗？所以，你已经看过那一幅像了吗？你真的临摹它了？"

"哪一幅像呀？我并没有在摹仿什么啊！"

"那么……是奇迹，是幻影？医生先生，快来看，快来看这个！你怎样看这事呢？"

"什么事？出了什么事了？"正要来找获安娜吃早饭的医生说。"惹弗锐特，你为什么说是奇迹呢？"

他看了获安娜的画像后，说道：

"她临摹了那浮雕的画面！画得真好，我的女儿，你知道这是非常好吗？甚至可算是很惊人的，真是如此像了。可怜的年轻太太啊！我感觉我又看见她本人了。去吧，女儿，拿出你的勇气来！你一定会超过你的父亲，画出更加完美的人像，这一幅真漂亮，它是栩栩如生的。"

获安娜噤住了，望着她自己画的像，在那上面出现了她梦中的浮雕石片的真实的记忆，但是这是她想象中的作品。无疑地，惹弗锐特和医生也觉得那种毕肖，是想象中的事情。她不想告诉他们她从来没有打开过那浮雕的匣子；她怕他们要求把它打开，她自己觉得还不配得到这样的赏赐。

在吃早饭的时候，她又问她的好朋友，他是不是真的认为那幅画像，正是她的母亲的面貌。

"如果不是，"他说，"我怎么能认得出来呢？你很清楚我是不会奉承你的。惹弗锐特，"他说道，"去把那幅画给我拿来。我还要再看看。"

惹弗锐特照做了。医生一面品着他的咖啡，一面很认真地看了好几遍。他没有说什么，像是被它吸引住了，获安娜焦虑地自问，他是否改变了第一次的看法。就在这个时候，有人向他报告说弗洛沙尔德先生来了，他经常来和医生一起喝咖啡的。

"你在那里看什么啊？"当他亲吻他的女儿的时候，他问费隆先生。

"你自己看看吧，"医生回答道。

弗洛沙尔德先生靠近那幅图画时，脸色突然变得苍白了。

"是她，"他深情地说，"是的，这确是那亲爱而又尊贵的人儿，我尽管没有对人说起过，我却是在不断地在思念她，现在我想得更厉害了！喂！是谁画的？医生？这是我给你转交获安娜的那个浮雕画像的临摹吧。不过这是特别好的领悟，极佳的表现。这幅画更高雅，更真实。这真是非常出色的作品，我没有一个学生能够画得出来。嘿！嘿，这到底是谁画的？"

"那是……，"医生故意作出迟疑的态度说道，"我的……一个小学生，该不会让你不喜欢吧！"

弗洛沙尔德望着她的女儿，她为了掩饰自己的情绪，故意把面孔转过去对着窗子。他转身，用怀疑的眼光望着医生。他立刻明白了，但带着极端的惊讶望着那幅图画，也许在寻找一些可以挑剔的地方，但实在找不出任何可以指责的地方。因为他在那种精神状态之下，已对自己失掉信心，使他不得不去承认对于如此严肃的事业，他也会弄错。

获安娜不敢转过身，她怕自己是做梦；她为了掩盖她的紧张情绪，她靠近窗子，不理会射在她头上的灿烂的太阳光。太阳红宝石般的光线，犹如炽红的针似的刺进眼里。在一阵眩昏之下，她看见了一个白色的、奇特的、伟大的，美丽的形像，它穿着绿色的衣裳，一直闪闪发光，像一阵碧玉色的尘雾似的。那正是她梦里的缪斯，她的好仙女，她的戴着面纱的太太。然而她的面纱已经被揭开了，那面纱在她的四周飘扬，像神像顶上的金光，她美丽的面貌，正是她梦中所看见的浮雕，镶嵌在宝石上的形象，也正是获安娜所画的，弗洛沙尔德带着惊奇和赞美的心情在纸上欣赏着的。

获安娜激动地把自己的胳膊伸向光辉的形像，它向她微笑，它一边消逝一边对她说道：

"你会再一次看见我的！"

获安娜的心情，又欢欣，又紧张，为着阻止一个欢乐的呼声，不自觉蹲在窗边的一把椅子上。医生和弗洛沙尔德向她冲过去，心想她也许生病了。但是她叫他们安心，而且不把她刚才所看见的幻想告诉他们。她问她的父亲对于她的作品是否稍微有一点满意。

"我不但是满意，"他回答道，"我还欢欣，发狂。我要改变过去我对你的看法，孩子，你的心燃烧着神圣的火焰，以这个成绩看来，你描绘的技能，远远地超过你的年龄。继续工作吧，可是不要太疲乏。继续希望、继续工作，永远不要满足于自己现在的成就。那幅画画得真的很好，我不会再怀疑了，我是很幸福的！"

他们一边亲吻，一边流泪。接着，弗洛沙尔德请她的女儿离开，让他和医生商量事情。于是她回到自己的卧室里去，因为惹弗锐特吃早饭去了，所以只剩下她一个人在那儿。获安娜于是走到她的写字台那里，取出那个皮盒子，她先前用一条黑缎带把它扎好，好让自己不受迫不及待打开来看的诱惑。她终于把它打开，跪在一个垫子上，在观看以前先吻了吻那浮雕的盒子；跟着她闭上眼睛，企图在心里再瞻仰一番那个理想的面貌，它答应了她会再回来的。她真的又非常清楚地看到了它，并确定它是同意的，她终于敬仰了那个肖像。真的，这和她所描绘的完全一样。这是缪斯，是那浮雕的石片，这是梦幻，可是这却是她的母亲，这是透过想象、透过感情而寻找到的真实。

获安娜并不追问这奇迹是如何在她身上发生的。她接受了这个事实，事实怎么到来，她就怎么接受，她也不去寻找理由；至于要如何解释，那是以后的事了。我想她做得非常好。当一个人还年轻的时候，应该相信神灵，比过于相信自己要好。

八　破　产

我没必要把以后两年的情况，一天一天地都告诉你们。获安娜带着谦逊的态度和无限的勇气继续工作，她常常温柔和顺地向她的父亲请教。但他却不是每天都准备好了去理解他不能够做到的事情。获安娜不知不觉地走上了和她父亲完全相反的道路。他们家住的地方有许多古代雕像的遗迹，群众对于这些东西，慢慢有了认识。因为法国人的嗜好，她开始走上了一条全新的道路。版画传播得非常广泛，从庞培与赫尔库拉努姆出土的珍贵的文物，如绘画、雕像、花瓶、家具、其他各式各样的东西，全部成了家喻户晓的艺术品。一种大家叫做"漂亮的简朴"的形式代替了矫揉、繁重和纤巧。大家旅行得多一些后，更深地认识了意大利的艺术，大家虽然依旧欣赏瓦多可爱的奇癖和美丽的色彩，却也爱好希腊的纪念勋章和伊特鲁立亚的瓶子。大家虽没有完全回到瓦洛亚王朝的嗜好，即现在大家叫做文艺复兴时代的爱好，他们要求一个新的复兴，虽然没有从前那样的热情，却也是非常动人的。他们的家具是现在被叫做"路易十六的格式"

的，那时他们叫它仿古的家具。那样式非常美丽，气概也很轩昂，却不太像古代的形式。妇女们仍把她们的高髻压低，把她们扑了香粉的卷发懒散地披在额头上。男人们穿着他们的鸽翅衣，把以前放在一只袋子里的长发，现在只用一条简单的带子扎着；甚至还有人用玳瑁梳子绾在发辫上。弗洛沙尔德在他的画室，就是这样的装扮，而他现在所绘的人像，也已经不像以前为他赢得那样多的荣誉的人像那般复杂了。

人们对于她的女儿也开始关注起来，看见她穿着比流行的、时髦的服装要简单朴素，大家也不感到诧异，弗洛沙尔德自己也不再追问他的女儿为什么对于古代如此憧憬？这种新生的格调，为什么能在她的心里萌芽并成长起来？为什么在她的倾向和才能上有这样早熟的、坚决的成就？弗洛沙尔德对于自己的老一套，不免感觉烦恼和厌弃，艺术上这种形式的再生，这让得他张皇失措。因为他一向是用繁琐的服饰来掩饰形象的。他看见他所喜欢的渐渐地不再流行了。在大家已经不愿为这些东西付出高价的时候，他曾还想增加他的收入，因此很快顾客就减少了。他怎么能够忍受减价的屈辱？人们开始认识而且尊重他的女儿的能力，大家毫不忌讳地对他说，他应该有他女儿的帮助，甚至在必要的时候，让她来代替他。真的，这个可怜的人，并不嫉妒他亲爱的获安娜的才能。但是，不管怎样，他也不愿意她放弃她自由深入的研究，把艺术当做职业，赚钱来填补乐尔太太的挥霍。

在我跟你们说的这两个年头里，艺术家的处境越来越差劲。他想努力用工作来拯救一切，他就是累死了也心甘情愿，但是他意想不到的事情发生了。工作量一天天地减少，乐尔太太却不能节省她的开支，便从家里带走她的私房储蓄，躲到尼姆她的父母的家里去了，一年之中有四分之三的时光都消磨在那里，只是短时期出现在她丈夫面前，其余的时间全都消耗在她几套新衣服上。她宁肯把金钱这么浪费，也不愿牺牲自己去减轻家庭的负担。获安娜看见她的父亲遭受遗弃，他是孤零的、愁闷的。她就搬回到自己家里来住，把她的时间花费在安慰她的父亲和医生两个老人上。所有的仆人几乎都被辞退了。惹弗锐特管理厨房，荻安娜帮助烹调，让她的过惯了阔绰生活的父亲，不至感觉到颓丧失败。她使得家庭里一切的事情都井井有条。他按期付出利息，使被威胁破产的灾祸，延迟了很久能够才成为事实。但是那一天还是来到了。债主们等得疲倦了，命人占领了花园、房屋、小农庄、一切的家具和艺术品。

对于弗洛沙尔德来说，这是一个相当沉重的打击，使得他不能再对他的朋友和他的女儿隐瞒真相了。他不得不抛弃所有，逃到另外一个省去寻找别的任何工作。可是他却没办法找到新的顾客，因为那是需要许多年去培养的。最后他在阿尔的礼拜堂里找到了工作。人家请他画贞女，画天使，画圣神。起初，他本来想到自己用不着再画人像了。甚至在一个时期，他认为自己做了伟大的画师，着手去绘伟大的图画，感觉十分高兴。可是群众对于天使和童贞女的看法也改变了。从前人们喜爱胖胖的微笑的圣母，像路易十五时代的那样。可是人们现在却要求严肃的相貌，不希望像乡村里漂亮的乳娘形象。弗洛沙尔德画的头顶金光，周围绕着抛散着玫瑰花的年轻的母亲，画得虽然不差，大家暗地里却把这个当做笑柄。这些嘲笑被对他的敬意遮盖了，没有当面表示出来，可还是传到了荻安娜的耳朵里。她明白了她的父亲在这事物面前败下去，便不会再一次振作起来。有一天夜里，碰巧她父亲离开医生的房间时，她走了进去。

"我的好朋友，"她对医生说道，"你听说我的父亲破产了吗？"

"是的，我知道。"医生回答道，"完全破产了！他需要 20 万法郎，可没有人愿意借给他了。"

"但是，要是有人愿意担保呢？……"

"谁愿意发疯呢？这无异于把 20 万法郎抛到水里；因为你的父亲永远还不起的。"

"你对他也这么失望吗？"

"不，因为一旦他表面上恢复了，好生活一点的时候，他的女人又要转回来，把钱弄得精光的。"

"为着能付款给他的债主，你至少买下他的一所房子吧，请允许我和我的父亲住在那所房子里，等有一天他死了的时候，你再把一切都收回去。我呢，有维持生活的能力，我需要得不多，只需要小小的努力，便能够过活了。"

"你忘记了你的父亲还不满 50 岁，而我已经是过 75 岁的人了。如果我买下他的产业，我让他享受了，而我的钱绝对不会收着利息，那时我便会因穷困而去死。你希望我就这样死掉吗？"

"不！我会付给你房子的租金，我去工作，我的仙女还会为我完成这个奇迹，我一定会赚钱的！试试我的朋友。希望你用担保的方法，把拍卖我们家产业的事情拖延下来，你看等不到两年……"

"不要太执著了，"医生说道，"还有其他的一个解决的办法，但是如此认真了。我可以为你买下你父亲在城里的房子和乡下一切艺术品。我也可以让他仍然住在他的房子里，继续他的习惯和好的生活。你们还可以把这所本来很大的房子一半租出去，收些租金来弥补你们。但是你暂且看看后果：乐尔太太将来一定会再回到她丈夫的家里来，她会使用她的喧嚣把你驱逐出你的家庭。你将支撑不住这一场你本来就不愿意参加的斗争，你只好再一次回到我的身边来，你回来自然我是很开心的，但是你的父亲就又会受她的控制，仍旧要每天借债度日，因为她完全不是能够靠着小小的房租过活的人。于是为了拯救你自己的名誉，你就只好放弃产业，你的父亲还会像现在那样破产，可那时你也跟着一道破产了，那样的话，我打算给你的嫁妆，也会一并拿去做你后娘的衫裙了。你应该记得我要把我的财产平分给我的侄儿和你的。你的父亲所负的债务，差不多就等于我的财产的一半。所以，如果我救了你的父亲，于是牺牲了你的前途，这个推论的正确性和'二加二等于四'一样的确定。"

"那就牺牲它吧！那是应该牺牲的！"荻安娜回答，带着权威性的语气，好像她自己就是那个纯洁的、举止娴雅的、清高的仙女一般。"你以前从来没有对我说过你要为我做的事，现在我知道了，只要我的父亲得救了，我的心也就安下了。你总不能劝我为着保全我自己的将来，把我的父亲丢弃在贫穷与绝望当中呀。"

"很好，"医生说道，"然而现在，我的处境，我的钱财，换句话说，我的幸福，从明天起，就要减少一半吗?"

"如果你把我嫁掉的话，不同样也会减少一半吗?"

"我打算把你一直留在我的身边，我们一起生活。把你留在我家里，我们便不会觉得有什么减耗，而且还能拥有家庭的幸福；你该不会为了乐尔太太的阔绰生活，叫我受困窘吧……"

"无疑的，"获安娜又说道，"那是一点儿也不快乐的。但是你看呀，我已经想清楚了，我要下定决心行使我的权力来代替她，我相信我自己会成功的。同时我要支付你借给我的资本的利息。相信我，我爱我的父亲，同样地我也爱你，我不愿意你对我的好心，反而使你受苦，不管那痛苦是多么的微小。"

"嗯!"医生吻着她说道，"让我好好想一想。先去睡觉吧，好好地睡吧。不管冒怎样的危险，有怎样的后果，你的父亲一定会得救的；除非有了新的变化，既然你执意要这样做。"

真的，第二天，在城里和乡间的房子一起被拍卖的时候，都被费隆医生抬高价格，而且买了过来，可是不像获安娜所期待的那样，他把两所房子一起保留起来。他明白他所做的事，他不愿意把获安娜送去和她的父亲斗争，或者受她的父亲的剥削。他清楚弗洛沙尔德在他的女人面前的软弱，也不愿意使他们再接近，再次演变成不幸的结局。他的心意一点儿也没有对弗洛沙尔德表露出来。

"朋友，"他对他说道，"很抱歉我不能拯救你逃离这场灾祸。你看你现在丢掉了你所拥有的产业。但是，既然我买过手来，你可以开始平静地、从此没有债务地生活下去。你可以到你的女儿家里去住，因为我已经把从你那里买过来的房子出租给她了。她将把这房子的大部分，也就是一向你拿来开舞会宴请宾客的部分，拿去出租。你们两人的顾客付的租金，也够供给你用的了，同时她打算在你的旁边工作，她一边要求进步，一边也可以招揽大批的生意，到你的画室里来。她受人赞赏，不是完全没有理由的。我知道人们对她是有好感的，只要她愿意，她可能早已经有定货和声望了。"

弗洛沙尔德感谢医生，可是他并不同意，他说如果他的女人要回家，他于是不得不另觅一所住宅。

"如果那样的话，"费隆先生接着说道，"你的女人就该住在我的重要房客——你的女儿给你们提供的房间了。"

"可我的女人绝对不会同意那个的呀！她太骄傲了。她就有借口说我没有房子给她住，她会完全和我分手，因为她绝不愿意欠我的女儿人情的。"

"这真是一个很差劲的借口，既然她还有几个钱，没有什么能阻止她不付给女儿房饭费用的。这也算是供给家庭消费的另一种方式，也是她有点过分地推脱的一种责任。"

其实弗洛沙尔德觉得医生的话说得很对。说实话，他的女人把他弄得实在太悲惨了，他没必要对她太抱歉。他和平易与的性格没有让他觉得别人给他的地位有些屈辱。他温和，诚实，他天生地相信人，他盼望在别人知道他的债务还清以后，能重新找回他的顾客和过自己的独立生活。

九　比克多尔堡的重游

真的，弗洛沙尔德从此又转运了。外省人讨厌可疑的情况，在一个可能将要破产的人的面前，大家都惊惶失措起来，因为大家都担心自己或多或少受到牵连。可是债务一经偿付清楚，大家看见这个诚实的怀中罄尽的艺术家，就在他的画布面前快乐地期待着照顾他，这些人含笑而来，对他表现了十分敬意和小心的关怀，甚至又开始请他工作。获安娜在她父亲旁边也支起了她的画架，坚决沉静地期待着这些先生太太们能把他们的孩子给她带过来。她宣言画孩子就是她的专长，实际上为的只是怕和她父亲发生冲突。大家就把城里的和附近堡寨里的年轻的一代都给她带来，儿童是整个家庭的希望，是母亲们的骄傲。她们给她带来的差不多全是一群美丽的孩子，我们可不要忘记阿尔是出美人的地方。

获安娜表现出异常的坚定，这是那可怜的孩子因责任而不得不去扮演的角色。其实，她觉得自己修养太浅，担心画不出好东西来，即使她算是成人了，她还希望她的母亲——美丽的缪斯——来帮助她，因为母亲和缪斯这两个形象，在她的思想里都是一样的。

在她第一次冒险去给孩子画画像的之前，在她的写字台里找出她许久未看过的一件古董，这是她在比克多尔堡找到的巴克科斯孩童的小脑袋，自从那个时候，她就开始学习去了解它，她觉得它这时候比从前更加可爱了。

"亲爱的小神灵。"她对它说，"就是你，赋予了我艺术的生命。现在请给我灵感吧！请你把那个艺术家放在你里面的那个秘密告诉我。如果我能够和他一样，留下一些像你这么漂亮的东西，我也愿意和他一样，成为一个不知名的人。"

当时获安娜还不敢画油画。后来她开始用当时非常流行的彩色铅笔来做画，一出手就画了一幅很出色很妩媚的，使得周围20里的人都称赞她。从此，凡是去她父亲家里来的顾客，也都到她那里来。资产阶级的人和贵族们喜欢在这画室里聚会，在那里女儿和父亲在一起工作，父亲在多年的愁苦和业已经消逝的忧虑后，谈得欢乐畅快。女儿又谦逊又沉默，虽不怀疑自己的美貌，却很尊重自己，不致引起其他女人嫉妒。大家都还记得乐尔太太轻浮的神态，尖利的声音，疯狂的穿着，大家都很庆幸已经摆脱她了。从前他们来这里闲聊，是为了时髦。现在到这里来的人却是为了讲正经话，而且都是拥有好品质的朋友。

一年的时间已经过去了，他的女儿和弗洛沙尔德一直很俭朴地生活着，可也没有什么严重的窘迫，也还能够偿付医生的房租。医生把接收的钱全部用获安娜的名义存起来。他已经在遗嘱上写好了把他一切的产业一概赠与她，但是他却始终瞒着，没有对她说起，一则为了顾全弗洛沙尔德的颜面，而且可以鼓励获安娜，三则使乐尔太太不再会转来。

可谨慎的措施也无用，乐尔太太终于还是转来了，因为她打听到了债务已经偿付清楚的消息，业务又很兴旺了。她的父母家里本来就不大富裕，而且又俭省，所以她在那里住得很不快活。她在那里差不多见不着时髦的衣裳，而且她漂亮的衫裙也没有机会炫耀。因此她又回到她丈夫的家里来，获安娜尽责地前去迎接她。弗洛沙尔德太太刚开始好像受了些感动。可过了一些时间，她于是想加入常常在她丈夫的画室来往的社交场合。但她受到旁人冷淡的接待时，她唠叨的言语，再也没有人听了，她夺目的珠宝和漂亮的衣衫，原本应该早些时候卖掉来偿付家庭的债务的，所以现在她穿戴起来大家也不愿意去欣赏她了。大家都觉得她太无拘束了，对获安娜的谈吐也太轻挑，非常不合适。总之，她感觉到再没有人喜欢她了。于是她怀恨在心，不来画室了，到外边去找社交关系。可这也是徒劳无益的。因为她早已经变成了过时的明星，她的美丽已跟随她的胜利消逝了，大家的思想比过去要严肃多了。她被别人冷淡地接待，她大着胆子去拜访的几户人家也极少会有人去回拜她。

因此她改变衣着，装成了一个伪善的人，像马尔布洛的寡妇一样，脱下她玫瑰色的服装，行动和穿得像一个虔诚的清教徒一样。可惜由于这不是出自诚心的，所以她越用力表演，事情就弄得越糟糕。从前她只不过是一个自私的轻浮的女人，现在却变成嫉妒凶恶的女人了。她常说大家的坏话，有时她甚至不惜诽谤，污蔑别人。她用她的控诉、谩骂和她急躁愤懑的性格来烦扰家庭。

可获安娜总是温和地去忍受一切，因为她知道她的父亲对于这个女人还有那么一点儿眷恋。她尽她力所能及地，与所不能地去让她的后母留恋家庭生活。可唯有一件事是她坚决反对的，那就是乐尔放肆地要把房子改造成从前那种样式去生活。她计算着她的丈夫再一次赚来的钱，她幻想把所有的房客都遣走，像以前一样地来接待宾客。荻安娜一点也不退让，因此她的后娘把她当做敌人，说她是暴君，还说她是不可理喻的悭吝人。

荻安娜对于这种伤害感到痛苦，有好几次，为了能够安静地工作，她都想要搬回医生家里去住了。可是想到她的父亲没有她就不会幸福，她便抑制了自己。

有一天，一位太太来拜访她，她第一眼便认出来，因为她对于相貌的记忆力是非常强的。这便是布朗士·德·比克多尔子爵夫人，在不久以前，刚刚嫁给她的一位堂兄。她一直是漂亮的，而又贫穷的，以及不满意自己的命运的。但是对于她的姓氏，总是那么的骄傲，并且令她满意的是嫁了人后，还没有把贵族的姓氏丢掉过。她向荻安娜介绍她年轻的丈夫。这是一个不懂世故的孩子，相貌呆傻平庸，但是他却是真正的比克多尔望族的后裔，布朗士相信除了他之外没有别的男人能更配得上她。

布朗士的心意虽然十分固执，可是现在已经转变得和气了，因为大体说来，她还是相当的聪明，她对荻安娜表现得殷勤，并赞美她的才干，不像以前那样看不起她的职业。荻安娜非常高兴再看见她，她的本人和她的姓名使荻安娜重温了孩童时那甜蜜的回忆。为了请她再来，荻安娜求她允许她为她画像。布朗士高兴得发狂，好像以前得着蓝宝石扣子的光景一样。她知道自己是非常漂亮的，想到她的面容将要被一位能手描绘出来，对她来说是一种沉醉，但是她没钱，荻安娜清楚她为什么迟疑。

"这是我自愿为你的一种服务，"她对她说。"描绘一个完美的面孔，对于我是一种快乐，不是每天都遇得到的，这是因为越是难画，越是能有提高。"

其实，荻安娜心里却是一直在想对比克多尔的回忆偿还一种宿债。布朗士不能了解这种神秘的想法，她还真当做人家在敬佩她的美貌。她故意去推辞，让人反复请求，其实心里非常害怕别人误解了她真正的意思。她在阿尔只有几天时间耽搁，她的经济情况没办法让她在一个奢华的城市里久住；况且她的丈夫正忙着狩猎与庄稼，一直催她快点回到他们定居的乡里。

"我只为你，"荻安娜说道，"用黑、白、深红三色铅笔，去画一幅素描。如果成功，一定会很漂亮，我只消耗你一个早上的时间。"

布朗士答应第二天过来，到时候她要穿上一身天蓝色的衣裙，把那蓝宝石扣子系在颈上的一条带子上。

荻安娜获得灵感，绘出了一幅她的最好的图画，子爵夫人也感觉自己的相貌非常漂亮，感激的眼泪在她那对蓝眼睛的黑色长睫毛的边缘上滚动着。她抱吻荻安娜，并且邀请她到她的堡寨里去看她。

"到比克多尔堡寨去吗？"荻安娜诧异地对她说道，"你告诉我你仍然是和你父亲居住在一起。你是不是已经把从前的府第修复了？"

"并不是全部，"子爵夫人回答，"我们还没有能力那样做；我们只恢复了一间小阁子，下个月我们就搬进去。那里还有一间招待朋友的房间，如果你能第一个来住住，那你是世界上最最可爱的人了。"

这个邀请是十分诚恳的。布朗士说她的父亲非常喜欢弗洛沙尔德先生和荻安娜，他常常想念画家，当他听见别人谈到画家的时候，他总把画家直接叫做他的朋友弗洛沙尔德。

荻安娜也很想再去看看比克多尔，所以她答应尽力在下个月去，至于她的父亲能不能一道去，还不敢确定。因为很久以前，他就叫她去进行一个短短的旅行，娱乐一下，哪怕是去芒德城看望她那出家的老姑姑也好。而比克多尔差不多就是旅程必经之地，可以先转个弯路顺便到那儿去的。

当乐尔太太知道荻安娜为了身体健康想去休息一些时候后，她便大发起脾气来。她打听清楚荻安娜赚的钱比她的父亲还多，她还是一个更受尊敬的画师。她的离去，极可能影响家庭的收益。乐尔用尖酸刻薄的言语去指责荻安娜，使得她非常气愤。两年以来，她节俭了一切，不停地去工作，仅仅为了弥补这个无用的游手好闲的女人所造成的灾祸，而现在为了一两个星期的活动，别人倒和她这样斤斤计较了。

　　我们承认获安娜的处境是非常艰苦的，医生屡次邀请她去参观巴黎或者意大利，并且说只要她愿意，他随时可以带她一起走，可她都拿出莫大的勇气来谢绝了。获安娜在心里本来是热切地想要接受这种邀请的，可是她不愿说出来，害怕对这个诱惑让步了。她觉着这还太早了一点，觉着她父亲的业务还没有恢复好，不能够几个月的功夫不需要她。

　　当她看见别人对她牺牲的感谢，却是和她争吵休息几天的问题，就对工作几乎灰心了，几乎想要全力打破对方的阻拦。可是她阻止住自己和对方冲突，和平地回答说她很快就回来。在她准备她的行李时，有20多次，被她的后娘无礼地阻挡，惹弗锐特和医生都不得不出面干涉。医生含笑地对他的爱女说，如果她再幸运地看见什么神仙，一定要好好地写在笔记簿上，以便将来回来讲给他听，一定也像过去那样的有趣。

　　到圣·约翰村需要两天。医生的侄儿马斯南·费隆先生，那时候也已经成了很有名望的大医生，他愿意陪伴主仆两人到她们要住宿的城里。到那里后他便和她们分了手，到附近去探望他的朋友。获安娜很高兴再遇见旧日的友好车夫诺马列西；她租了一辆小车和她的乳娘坐在一块，向比克多尔前进。有人已经把这条恐怖的道路进行了一番必要的修理，我们的旅行中没有遇见什么意外事故，在午饭后到达了堡寨的露台那里。

　　可进门的地方已经不在。修复的那间阁子，不过就是从前获安娜的浴室，入口处在非常低的地方。获安娜想再一次看看曾经和她讲过话的雕像，可她因为再也找不着它，颤栗起来。她叫诺马列西和惹弗锐特往前面去，她自己越过一道新建的小小的篱笆，她爬上了那高大的阶梯上距离不等而且破碎了的石级。

　　是午后四点钟左右的光景，太阳已偏斜地照临万物。

　　获安娜在找到她那被荆棘遮盖了的、亲爱的雕像以前，首先就看见它的影子投射在露台的砂石上面，她的心马上欢腾跳跃起来。她急忙跑到那里去，瞧着它出神。在她的记忆里，它是很巨大的，事实上它不过和真的人一样高大。它仍是巨大美丽得和她记忆里保存着的一样吗？不，它多了一点装腔作势的神情，它的衣服的褶皱也变深了，太容易破碎，但是它仍然漂亮文雅的。不过获安娜对它有点失望，因为她对它天真地送了一个吻，可是雕像却没有回送给她。

露台仍旧如从前一样的荒芜，丛生的野草从来都没有人去踩踏。获安娜看出从未有人到过这里散步。以后她才知道由于布朗士很怕蛇，甚至把小小无害的草蛇当做毒蛇，因此她自己从不到废墟里去，也不让别人去那，可是她却住在这些败瓦颓垣中。获安娜一边欣赏这个地方，一边却诧异这个从前使她神往的荒凉凌乱的地方，却还没有被资产阶级的人加以改良。

她欣赏这些参差不齐的茂密的树木，夹杂着已巨大的野生植物和老死的树木，以及从前被细心培植的因此现在自由生长着的植物。这一棵树压着那一棵树，长得很杂乱。还有那一片乱石头，天然的岩石和被雕琢过的石块同样都被藓苔盖满了。她再一次看见那清泉形成的细流，从前供给小瀑布和浴室的水，现在还是潺潺地在小草和碎石中间流着。她瞧着这文艺复兴时代的门，看到那门楣石额上刻的花藤和真正的长春藤纠缠起来了。有精镂的窗子，和几个小钟楼，也早已消逝了。获安娜记不清楚那些细节。可是就它的整体来看，这些盛极一时的建筑，尽管到了衰老的时期，却依然保持着它高贵的气质。

十 雕像的演说

获安娜想亲自从混沌荒芜的场面里找出一条到阁子去的道路，她轻松地找到了。布朗士知道她的车子已经到了，急忙跑出来迎接她，给她千般的温存，然后邀请她走进那个由浴室改造成的阁子里去，在那里她曾度过她生命里最有纪念意义的一夜。唉！可惜一切都改变了。还有那圆形的建筑已经改造成了一间客厅的屋子；旧日的浴池也不存在了。大理石已雕成壁炉，雕有花藤的穹形天花板已经被漆成生硬的蓝色；最可惜的是那林中仙女已不在圆壁上轻快文雅地跳舞。圆形的客厅，从前用橙色大花束的布幔装饰的，已经改为方形的，凹进去的部分，都被改造成一些小房间。

有穹隆的回廊里残余的废物和野生的植物已经清除了，改造成为一片菜园。泉水涌出的地方，没有了蜈蚣和薄荷，围起一道井栏杆，成了一口水井。一大群母鸡在小庭园里扒着粪土，这原本是以前的暖室，地上仍在铺着带云斑的红石。在一条小径上新栽种的桑树，好像还没有适应那样的水土与气候。这条小径一直通到新路，毋须再越过从前的废墟和圆圈了。比克多尔堡的主人，已退缩到他们的祖先巢穴的一个角落里去，尽全力躲避这废墟，再不从那里经过。

荻安娜为着取悦她的主人，故意称赞布朗士布置出来的这个住宅，可是实际在她的内心里正在可惜这个住宅，如果让她来布置，绝不会像现在这样的煞风景。可是布朗士对于她的安排又满意又骄傲，拒绝别人的批评。他的女婿和侯爵不久也回来吃晚饭，女婿的肤色是红棕色的，呼狗讲话时的声音都非常尖锐，每说一句话，必定伴随一阵大笑，大家都不能猜中有什么事情能使得他那般的欢乐；而侯爵仍旧是那么的有礼貌、多情、多愁、自持。他很殷勤地款待荻安娜，一点儿也没有忘记她前次的拜访。接着他问了许多奇怪的问题，如果不像和小孩解答问题那样的方式来解释，简直就没有方法来答复。这个人的生活，实在是脱离了真实世界，他把生活范围尽量地缩小，可他又要表现出不太落后，可是他越发显露出来他什么事也不懂。

布朗士比较谨慎，她稍微呼吸一点儿外边的空气，对她的父亲的幼稚感觉苦恼。而看到她丈夫的荒谬的观念，强硬的态度，更加感觉苦恼。她带着一种轻鄙的语气，去反驳这两个男人，显然是能够看得出来的。荻安娜非常怀念比克多尔昔日的寂静情景，她自问为什么她放弃了她父亲的和蔼的清谈以及和医生的有趣的对话，而来听这三个蠢才的胡扯，她实在不能和他们相处在一起的。

她借口说有也一点儿疲倦，于是很早便告退了，于是她走进那间被主人装饰成招待贵宾的小屋子里。可是她在那里完全睡不着。新近涂上的油漆气味使她打开窗子，以避免头疼。

接着她看见窗户外面有一个小楼梯，斜靠墙，这是旧日建筑遗留下来的一部分，栏杆还未撤去。夜色是美丽的。荻安娜披上她的短大衣，走下去了，很高兴只有她一个人去，她像从前那样走去发现她梦中的神秘的堡寨。美丽的缪斯，她把她看作好仙女的，这一次没有来牵她的手，却越过在空中竖立着的螺旋式的梯子，达到倾颓倒塌的穹隆上去了。她没办法在弓形的洞孔下散步，但是她在脑海里构成这神仙的府第，她是按着意大利人的审美观念，并在沙漠里建造起来，那个时代意大利在艺术上和在审美观念上都比我们先进一些。她在精神上又看见那已经消逝了的盛会，那种遥远的古代的生活方式，已经是不再有了。因为将来的工业化更远离了过去的生活。她这回散步并没有遇见任何精灵，但是她很欢欣地瞻望了月光照在美丽的废墟上的效果。她爬到岩石上俯瞰堡寨，为了要看青绿色的光辉倾注在小溪划开的深谷里。在这里，在那里，一块块的大石头，堵塞河床，描绘出一团一团黑影，周围有钻石在闪烁。枭鸟像小猫的声音一样啼叫，羊齿草和萱草发出醉人的幽香。一种深沉的静默，控制着整个宇宙，老树的枝丫也静止不动，好像露台上的石刻雕像的装饰一样。

荻安娜沉醉在默念的永恒的自然界里，她短暂的生命的回忆涌上了心头。她再一次看见了她的童年生活，她的好奇，她赢弱的身体，她对于理想的神秘的追求，她的失望，她的愁苦，她的热情，她的努力，她的希望和她的成功。但是想到那里时，她停住了，因为她的将来是神秘的，是模糊的，正如她过去的某些日子。她明白，为了救助她父亲，要迈过她已经卑微地接受了的界限，她还缺少多大的勇气。她非常明白，在维持她的自尊和独立的职业之上，应该有一个大的飞跃，一定要前进；她是否能够进入这一个发展阶段呢？她是否能够旅行、学习、认识，而且摆脱她现在的环境，摆脱她的习惯和日常的任务呢？这界限也是她的父亲应该越过的，只是因为拜倒在一个在艺术里只能看到收益的女人，便止住了脚步。

　　荻安挪感觉自己也被这一个女人牵住了，阻挡着了，被伤害了。为了她，必须同她的动摇的决心和父亲的怠惰不断地作斗争。她从前恨荻安娜恨得要死。可荻安娜自己能把持得住自己，因为她并不像她的父亲，她是有主张的。当她感觉被压得快要发疯的时候，她于是感觉有一种潜在的力量在对她说道："你知道你应该克制自己。"

　　她回忆起这很多内心斗争的时刻，她认为她的母亲无疑地把那宝贵的忍耐力遗传给了她。于是她热烈地请求这神灵进入她的思想里来帮助她，指点她，恰像让她的面貌进入她的想象领域里，将她的崇高和美丽显现给她一般。

　　为着没有抛弃她的父亲，她是否应该放弃精神上最高的认识和快乐呢？她是否应该违背缪斯的声音呢？它带领她走进了真理的美丽的国度，给她指示一条无穷无尽的道路，是一条艺术家不应该在那上面停留的道路。

　　她一边反省，一边走，不觉走到没有面孔的雕像前——她的第一个导师就在那里。她靠在雕像的石座上，一只手抚摸着它冰冷的脚。她听见什么声音，好像是从雕像里发出来似的，并在她心里引起了共鸣，那声音对她说：

　　"把你的前途，交付给照顾你母性的神灵吧。依靠我们，便可寻找到好的道路。你只须把现在当成一个过程，即使在休息的时候，你也总在工作的。不要认为在任务和理想当中有选择的余地。任务和理想原来是在一条道路上行进的，彼此能够互相帮助的。也不要以为对愤怒的抑制，艰苦的忍受，对创作才干不利。那不仅是有利于才干的，而且还有助于刺激才干的发展。你要记住，你是在寻找着你所需要的典型，相信在你坚强地忍受痛苦的时候，你的力量和你的才干已不知不觉地成长起来。智慧不在休息里，它只存在于斗争的结果的胜利。"

　　荻安娜被这内心的启发彻底弄明白了，回到寝室里去，把窗子半掩半开，这晚她睡得异常的酣畅。

　　第二天她感觉全身有一种惬意的平静。她不焦躁地去接受侯爵的愚蠢和他女婿的粗暴的言行。她甚至还把她的好性情传染给了布朗士，不管她愿不愿意，她竟然在白天把她牵去看废墟。

　　医生不单把艺术上的美向她亲爱的荻安娜说明了，他还让她在自然界里也同样捉住美。他曾教导过她一些知识，使她在散步里感觉有趣。他叫她在旅行中给他带回塞文山脉特有的稀有的植物：例如木樨草、狗舌草、虎耳草、牛皮削、月见草……等等，荻安娜都寻找到了且采摘好了。她细心地为了她的老朋友收集它们，也自己收藏了一些没有那么宝贵却更为妩媚的花草：例如生长在岩石上的委陵菜，和草原上的蓝牦牛儿苗以及多节的牦牛儿苗，生长在溪边岩石上的开出无数玫瑰色花朵的石碗草，露台荒草里开金黄色花的毛莨草，长在废墟阴湿地方的风吕草等等。在寻找小花的时候，荻安娜拾起一片不成形的钱币，上面盖了厚厚的一层氧化物，她把它交给了布朗士，叫她认真洗洗，但不要削刮它。

　　"还是留着你自己用吧，"子爵夫人回答，"如果你认为这些旧铜子是有价值。我什么也不认识，我还有许多，可对于我一点用处也没有。"

　　"你把它们都拿给我看看吧，"荻安娜说道。"我也不怎么认识，只是我可以把那些有趣的辨别出来，然后再得到博学的费隆医生的帮助，……谁知道？据他所说，我的手就是幸运的手。也许在不经意里，你将拥有一笔小小的财富哩！"

　　"我愿意诚恳地免费地送给你，我亲爱的荻安娜！它们都是铜的，也许外边有一层很薄的黄金，或是已经变黑了的银子。"

　　"价值并不在那里！如果能够寻出宝贵的东西，我以后再告诉你，并且把那宝物送还给你。"

　　她看见侯爵以前所收集的徽章，他把东西扔在角落里，很费力地才找出来。荻安娜说它们不是全都没有价值的，她想要去请专家加以鉴定。她不愿洗刷她拣得的那一枚，因为怕她把它刷坏了，我不清楚她把什么迷信的见解强加在她自己所寻得的那个东西上面去了。她把它用纸包好了，和别的一起放进箱子里。

第二天她到山顶上去看日出。她一个人信步走去。她站在岩石中凹凸不平的地方，前面是一帘美丽的小瀑布，它欢乐的水珠，跳跃在丝绒般的铁线莲和野蔷薇当中。太阳在这幅精美的画幕上斜射出一道玫瑰色的光线，获安娜第一次沉醉在了彩色里。由于日光只能照在山的侧面，她注意到光线神秘的变化，光的弥漫反映有多么的不同，从眩眼至柔和，从火烧的色调至冷淡的色调，在中间的过程，是有无法描绘出的谐和。她的父亲也时常对她谈到中立的色调。

"父亲啊，"就好像他站在她身旁，她不由自主地叫道，"的确没有中立的色调，我向你保证，没有中立的色调！"

跟着她又对自己的激动感到好笑，玩味着宇宙给的启示，从天与地、青草与岩石、叶与水得来的启发；从驱逐黑夜的曙光，想去穿过黑夜面纱的曙光得来的启发；从静穆柔顺退走的黑夜得来的启发。获安娜现在想着，除素描之外，她可以学做油画，她心怀着欢乐与希望，止不住地颤栗着。

在回来的道路上，她经过雕像的旁边又停留下来，想起前夜她所听见的，此刻在她心里感激着："如果真是你对我讲的那些话，"她想道，"那么，昨天你真的非常深刻地教育我了。你使我了解到了一个正确的决心比一次畅快的旅行还要有价值。你叫我带着笑地走进责任的监狱，我答应你。你看，今天我在艺术里，得到了一个使人振奋的胜利。我比了解还进了一步，我感觉到了，我看见！我获得一个新的能力，光明进入我的眼里，同时，思想进入了我的心里。谢谢！我的母亲，啊，我的好仙女！感谢你，你使我得着了生命的真谛。"

获安娜离开比克多尔堡去芒德住两天。回家后她又开始从事她的职业了，同时她试着做油画，也并不对人谈起什么。她借来很好的画像，每天早上都要临摹两个钟头。她用心地观察着她父亲的工作，因为他时常为礼拜堂绘画汝色童贞女，他由于画得多了，也得到不少的技能。她清楚他所取得的成就和他所没有取得的成就。于是她利用他的优点，补足他的缺点。

一天，她尝试画油画，她临摹孩子，却创造出了天使。后来又有一天，大家看见了她的油画，画得很好很美，她的名声传播开了。乐尔太太的这个前房女儿，非常被她憎恨的但却又非常能忍耐的女儿，变成了一只能下金蛋的母鸡，她现在想应不应该把它杀掉了。她回此变得非常和气、变得好讲话了，而且故意做出亲热的样子来，由于缺乏她内心所没有的真实的感情，她便假装关怀和尊敬。她没有再咒骂她，她不再缺乏什么，甚至还会有剩余，她感觉自己很幸福。因为获安娜宁愿自己少缝一身衣服，也要让她后娘的衣裳更美丽。于是乐尔也不再去惹弗洛沙尔德烦恼，他因为他的女儿再一次变得幸福和聪明，好像在他前妻生存的时候一样。

有一天，获安娜看见了比克多尔子爵夫人来到她家里，在许多的温存和很多转弯抹角的话语之后，才问到她的徽章是不是能够换得一点钱。她说浴室改建成阁子所用去的钱超过了她的预算，她的丈夫为了要付一笔债务，十分窘迫。这笔数目实际非常小，可是对他来说却是很大，他付不出必须得向人借贷。

她还说倘若获安娜对比克多尔堡还有一种艺术家才有的热情，她愿意把它舍弃，把旧日苑圉里的岩石，并用便宜的代价卖给她。

"我的亲爱的子爵夫人，"获安娜回答她道，"如果有一天我有那奇怪的癖好，我也应该等你真正讨厌了你祖先的堡寨之后，——但是你知道你并没有非要做那个牺牲的必要。我从来没有忘记你的古钱。需要花许多时间去鉴别它们，认识它们，现在已经有结果了，我高兴地告诉你，那里面只有三四枚是非常有价值的，特别是我拾得的那一枚。我刚要写信告诉你呢，收藏家和博物馆愿意向医生给出的各种价格。既然你来到了这里，我愿意你亲自去同费隆医生商议。我先告诉你，你今天如果接受了那些价格，你能得到的款项将是两倍于你所需要的。"

布朗士喜出望外，跑过去用力拥抱住获安娜的脖子，把她叫做是她的保护天使。她于是去和那个好医生去商量，他尽全力把事情办好，没过多久就把这笔小财产交给她了。布朗士快乐地回去了，临行还邀请获安娜再去看望她。

但是获安娜对于比克多尔堡已经没有需要了。她一点也不想在物质上面占有它。因为在精神上她已经得着了它，得着了它圣洁的幻象，只要她闭眼一想，那幻象就马上出现在她的跟前。从前欢迎她的仙女，也已经离开了堡寨，跟随她了。这个启示了凡人的仙女，现在和她住在一起，而且不管她走到任何地方，她总是和她在一起。她为她修造了无数的堡寨，无数充满了神秘的宫殿，她把她所喜欢的一切都给予了她：江河、山林、地上的花、天上的星星和鸟。在她的心灵里，这一切都在欢笑。在她的眼睛里，这所有一切都在闪烁。她认真地工作了一段时间以后，感觉自己有了很大进步，在艺术上她又进入了另外一个高境界。

还需要我把她后来的生活跟你们讲下去吗？孩子们，你们一定猜得着的。她的生活是非常高尚，很幸福，而且她精美的作品也是非常丰富的。获安娜在 25 岁的时候，嫁给了医生的一个侄儿，那个出色的干哥哥，他实在是一个有理想的青年，他只想念着她。她生活得很富裕，可以做许多慈善事业。在许多善事中，她创办了一所贫穷女孩的习艺工厂，她在那里面不要任何报酬地亲自教育她们。她同她的丈夫进行了从前没有实现的旅行，每次总是幸福地回来，再一次看见她的家乡、她的父亲、她的老朋友，甚至她的后娘。她已原谅了她的后娘，她终于做到了爱她。原来这是自然的法则啊！我们依恋我们所忍受过的，我们不舍得丢弃我们曾经付出巨大代价的事物。伟大的心胸总是喜欢牺牲自己，这样，那些窄小的心胸的人便沾了光了。在表面上，这些人好像一直剥削着那些人在生活，但是事情都是相对的，实际上那些饶恕别人的人，同时也享受着无上的快乐。因为圣灵是喜欢和他们住在一起的。我所说的圣灵，就是那绝对自由的精神，这精神躲避着那些自高自大、自私自利的人，却亲近那些无限忠诚和无限热心的人。它扩大了好人的眼界，然后把自己显现给他们看。

狐狸列那的故事（二则）

1. 列那怎样偷吃鱼

那一天，天很冷，天空灰蒙蒙的，列那看到他家里的几口橱都空了。海梅林太太安静地坐在大靠背椅上，烦恼地摇着头。

她突然说："什么都没有了，家里边连一点儿可以吃的东西都没有了。"

"孩子们很快就要回来了，他们一定肚子饿坏了，会吵着要吃饭，我们该怎么办呢？"

"让我再出去碰碰运气吧，"列那长叹了一声，说："可天气不好，我真的不知道该去哪儿呢！"

然而，他最终还是出去了。因为他不想看到妻儿在他面前伤心难过，并且他已经看到了他的敌人——饥饿来了，正准备和饥饿对抗一下呢！

于是，他在树林里慢慢地走着，东看看西瞧瞧，想不出找到一点儿吃的东西的法子。他向大路走去，可大路被一道篱笆隔开了。

他坐在那里，有些失落。这时候一阵风吹来，把他身上的毛都吹乱了。他的眼睛被吹得睁不开，列那只好闭着眼睛沉思。

忽然，远处的一阵香味被大风带了过来，吹进了他的鼻子里，他抬起头来，在空中乱嗅。

他自言自语道："难道这是鱼吗？朝我这方吹来的好像是生鱼的香气啊，可这是哪儿来的呢？"

他一跳，就跳到了建在大路旁的篱笆旁边。

列那的听觉和嗅觉都是很敏锐的，他的目光也是尖锐的。他看到大老远有一辆车子飞快地驶过来，而那种强烈的腥味一定就是从那车子上发出来的。因为那车子越走得近，他越加认定车子上装的就是鱼。

这原来是鱼贩们把鱼一篓篓地装满，赶到邻近的城中去，打算到市场上去卖。

列那毫不犹豫，他急着想要去吃那些喷香的肉鱼，于是他想出了一个好主意。

他轻轻地一跳，就跃过篱笆，跑到了大路上，可距离那辆货车还有很远。接着他就躺在大路中间，好像是刚刚暴死似的，身体瘫软无力，舌头伸在嘴外，眼睛紧闭着，完完全全像死了的样子。

货车渐渐驶到了这个"障碍物"面前，鱼贩们就刹了车，都认为他死了。他们中的一个看了看躺在路上的这是死尸，说："这到底是一只猪獾呢，还是一只狐狸呀？"

"一定是一只狐狸！下车，快点下车！"

"这是一只死了的危险的野兽，可他的皮对我们是有用的。"

于是，两个鱼贩匆忙从货车跳下，去看看装得很像死了的列那。

他们捏了捏他，把他翻了翻，还把他摇了摇。趁此机会，欣赏他的雪白的喉部和漂亮的皮毛。

一个鱼贩说："这张皮得值四个苏呢。"

"你只认为四个苏！依我看至少值五个苏，况且我都还不知道自己愿不愿意就照五个苏脱手呢！"

"把他先放到货车上，等我们到了城里后，再来把他的皮毛整理一下，然后去卖给皮货商人。"

于是，这两个鱼贩，就随手把他扔在鱼篓旁边，接着坐上了座位。

你们猜猜看，这只狐狸是多么开心啊！他在车上，完全可以给全家人弄一顿丰富的午餐啦！

他几乎身子不移动，悄悄地用它尖锐的牙齿咬开一只装满鱼的篓子，于是就开始痛痛快快地吃起来。一眨眼的工夫，他吃了至少 30 条鲞鱼，味道还真不赖。

可是，列那并没有就此逃走，他还得好好利用这个机会呢。

他用牙齿咬了两下，另外一只鱼篓也被他打开了。而这一篓里装的全是鳗鱼。

他为家里的人着想，想先尝尝它们味道好不好，免得让老婆和孩子们吃得倒胃口，于是就吃了一条。

然后，他运用他惯用的技巧，拿起了许多鳗鱼，像项链似地围在脖子上，接着轻轻地溜到了地面上。

他虽然巧妙地从货车上跳了下来，可多少弄出了一点声响。那两个鱼贩就傻傻地看着他逃走，却不知道他就是那只死狐狸呢。他嘲笑他们：

"亲爱的朋友，上帝保佑你们。那张狐皮值六个苏哩，所以让我保存起来啦。我好心给你们留下了一些好鱼。还有谢谢你们的鳗鱼哦！"

鱼贩听完这些话，才恍然大悟。

最后他们才明白，原来列那耍手段把他们玩弄了一番。

于是，他们停了车，赶紧去追赶列那。尽管他们跑得上气不接下气，像在追一个小偷那样拼命跑，可是列那跑得比他们还要快。

不一会儿，他就已经翻过了篱笆。那篱笆保护了他，使追赶的人追不上。那两个鱼贩又惊又气了一会儿，才回到货车上。

列那往在回家的路上跑着，去见他那饥饿的一家人。

海梅林太太笑嘻嘻地迎了上去。他脖子上围着的这条项链，在她看来，比耳圈漂亮得多，她对他赞不绝口。等列那一进马贝渡城堡，家里的人就小心地关好门。列那的两个孩子贝斯海和马勒巴朗士还不懂得如何打猎，可是他们早已懂得做菜的诀窍。他们开始生火，把鳗鱼切成小片，穿在小签子上，开心地烤着这些美味的鱼片。

这时海梅林走去照顾她辛苦了一天的丈夫，替他清洗跑了一天的脚，揩拭他的美丽的皮毛——正是那两个鱼贩估计要值五个苏的皮毛。

2.　叶森格仑钓鳗鱼

叶森格仑被烫伤了很多地方，痛得他团团转，他在列那的门口痛苦呻吟着。于是列那从边门走了出来，走上前去见他。

列那说："你瞧，我的好舅舅，我是多么想爱护你啊。我不忍心让你孤零零地度过这漫漫长夜。如果有我在你身边，你也许感到时间会过得快些。"

此时叶森格仑再没有了说话的力气。他不停地嘟囔着，身体也不停颤动着，自怨自艾。

于是，狼和狐狸，他们俩在夜色里默默地向前走着。

他们来到了附近的一个池塘前，也许这是碰巧，或者列那是故意的，可那就无法知晓了。天气非常寒冷，池塘早已经结冰了。但是，由于乡人常领牲畜来这里喝水，所以冰面上有一个洞。列那看了看这个现成的洞口，在它旁边还有一只用来汲水的吊桶。

"这真是个钓鳗鱼的好地方，"列那叹着气说道，好像在对自己说。

贪吃的想法真是最有力量的，叶森格仑一听到这句话，马上忘记了受戒烫伤的疼痛。

"我该用什么方法来取得鳗鱼呢？"他问。

列那指了指吊桶说："就用这个东西。用一根绳子，然后把它送到池塘底下。要钓到你所尝过的那种鳗鱼一定要有耐心，只有等待很久很久，才能拉上满桶鲜美、肥大的鳗鱼来。"

"我还是要去钓钓看，"叶森格仑跃跃欲试。

"请听我说完，好舅舅，如果你真想钓鱼，就放手去钓吧。我一定不向其他修道人说起，他们也绝不会知道你破坏了今夜必须做的断食大斋的规定，"列那说。"可是，在这深夜，我们没办法找所需要的绳子来把吊桶放进水里。即使我这儿有几段细麻绳却不抵什么作用。"

"不要紧，"叶森格仑说。"列那，请你把吊桶绑在我的尾巴尖上，我愿意这样蹲在这里，一直等吊桶里装满鳗鱼。这样做，保证没有人能来夺走我们钓到的鳗鱼。"

列那暗自偷笑，把吊桶牢牢地绑在叶森格仑这样的尾巴上，叶森格仑坐在冰上，让吊桶垂进水里。

接着，列那走到远处，躲在灌木丛里。他蹲在那里，双手捂着脸，一半在打盹，一半监视着狼的一举一动。

深夜越来越冷。叶森格仑尾巴上吊桶附近的水，逐渐地被冰冻了。可怜的叶森格仑渐渐觉得吊桶越来越沉，却以为是正在装更多的鱼。最后，冰结厚了，连他的尾巴都无法摇动了。他心里慌了，发出求救的喊声。

他大声叫喊："列那，吊桶应该装满了，可我不能动弹了。肯定是装得太多了，你得快来帮我啊。而且，太阳好像快升起来了，再耽搁下去我是有危险的啊！"

但是，远远传来了列那的笑声，是一种嘲笑的声音。他喊道："贪心不足的家伙将会一无所得的。"

天真的亮了，人们都起身了。

附近有一位富有的绅士，习惯在黎明时就出门打猎，他已经在寻找猎物。他骑在马上，猎狗在前面跑，向池塘走去，接着发生了一阵骚动。

绅士的随从异口同声地喊："狼，狼，快捉住他，我们应该打死他。"

于是每个人都向前奔，猎狗则奔在前面引路，绅士在随从的前面行进。

不必说，嘈杂的声音一响起，列那就赶紧溜走了。

绅士跳下马，向前跑去。高举着剑想去刺已被猎狗团团包围住的狼。

但是，他踏上冰面时，滑了一跤，所以一剑刺去，并没有戳穿狼的身体，反而把冻固在冰里的狼尾巴完全割断了，让狼完全自由了。

虽然叶森格仑痛极了，但他仍把身子一纵，直奔往前，终于摆脱了猎狗们的追逐。可是，其实除了冻住的那条尾巴以外，他还损失了不少皮和毛哪。

叶森格仑很是痛苦。使他更为悲伤的是丧失了他美丽的尾巴。

最后，他有点儿怀疑他的外甥列那是不是在戏弄他。这也使他感到痛苦啊！

蟋蟀的住宅

[法] 法布尔

　　住在草地上的蟋蟀，和蝉差不多一样的著名，在少数的杰出昆虫中是很出色的。它的出名是因为它的歌唱和住宅，单有一样的话是不足以让它成此大名的。

　　在各种昆虫中，唯独只有蟋蟀长大后，有确定的家庭，这也是它工作的报酬。在一年中最糟糕的季节里，大多数别的昆虫，都在暂时的避难所藏身，它们的避难所来得方便，丢弃也毫不可惜。在这方面，蟋蟀是超群的。

　　要建造一所住房的确是一个大问题，不过这已经为兔子、蟋蟀，最后为人类所解决。在我邻近的地方，有獾猪和狐狸的洞穴，大部分是由不整齐的岩石堆成的。很少经过修整，只要有个洞就可以了。兔子就要比它们聪明一点，如果那个地方没有天然的洞穴，可使它安心住下避免外界的烦扰的话，它就挑它所喜欢的地方来挖掘住所。

　　蟋蟀比它们更要聪明。它瞧不上偶然碰到的住处，它经常慎重地选择他住宅的地址，一定要排水顺畅，并且是有温和阳光的地方的。它们不利用现成的洞穴，因为不适合，而且太草率；它们自己一点一点地掘自己的别墅，从大厅直到卧室。

　　除了人类，我还没有看到建筑技术有比它们还高明的；就是人类，在混和灰泥和沙石使它固结和用黏土涂壁的方法未发明之前，还是把岩石作为隐避所来和野兽斗争的。可为什么这种识别的本能，唯独赋予给了这种动物呢？最低下的动物，都可以有一个完好的住宅。它有一个家，它有安静的无比舒适的退隐之所；同时在它附近谁都没办法住下来。除了我们人类以外，没有谁会同它争夺。

它为什么会有这样的才能呢？难道它有什么特别的工具？不，蟋蟀并不是掘凿专家；实际上，只是人因为看到工具的柔弱，所以对这样的结果就很惊讶了。

那是不是因为它皮肤太嫩，所以需要一个住家呢？也不是，这样的它的同类拥有和它一样感觉灵敏的皮肤，但它们并不怕在露天底下生活。

那么它建筑住所的才能，是不是来自它身体的结构上的问题呢？它有没有做这项工作的特殊器官呢？没有，在我附近的地方，有三种其他类型的蟋蟀，它们的外表、颜色以及构造，都和田野的蟋蟀相像，乍一看，常常都以为就是它。可这些一个模子下来的同类，竟没有一个知道怎么掘出一个住所。有一种双斑点的蟋蟀，就住在潮湿的草堆里，孤独无聊的蟋蟀，在园丁翻起的土块上蹦来跳去；而波尔多蟋蟀却毫无畏惧地闯到我们屋子里来，从八月到九月，在那些黑暗却凉爽的地方，小声地歌唱。

在这四种类似的蟋蟀中，却只有一种能掘穴，所以要知道这本领的由来，还需要更进一步的研究。

哪一个不知道蟋蟀的家呢？哪一个人在儿童时代，到田野里去嬉戏的时候，没有走到过这隐士的屋前呢？无论你走得多么轻，它都听得见你的到来，并且会立刻躲到隐避地方。于是当你到的时候，它早已逃离了它的房前。

大家都知道，用什么方法能将这隐匿者引诱出来。你只需拿起一根草，放进洞中去轻轻转动。它会以为上面发生了什么事情，被搔痒和窘恼的蟋蟀就会从后面房间跑上来了；它停在过道中，猜疑着，鼓动它的触须打探情况。它慢慢跑到光亮处来，只要它一跑到外面，就很容易被捉住，因为这些事，早已经将它简单的头脑弄糊涂了。如果第一次，被它逃脱了，它就会非常恐惧，不肯再出来。在这种情形之下，就可以用一杯水将它从房子里冲出来。

在我们的儿童时代，那时候真令人羡慕，我们到草地去捉蟋蟀来养在笼子里，用莴苣叶喂养它们。现在为了研究它们，我又搜索起它们的巢穴来了。儿童时代仿佛在昨日一样，当我的同伴小保罗，一个擅长利用草须的专家，在长时间施行他的技术和忍耐以后，忽然兴奋地叫道："我终于捉住它了！捉住它了！"

快点，这里有一个袋子！我的小蟋蟀，你快进去吧，你可以在这里安居，还可以吃丰足的饮食；不过你一定要为我们做一些事情，第一件便是必须让我看看你的家。

在向着阳光的堤岸上，青草丛中，藏着一个倾斜的隧道，在这里就是有暴雨，也即刻就会干的。这隧道最多有9寸深，不过一指宽，依着土地的自然情况或弯曲或成直线形。差不多像天然的一样，总会有一丛草将这所住屋半掩着，其作用便是如一闯洞门，将进出的孔道隐匿于黑暗之下。蟋蟀到外边来吃周围的嫩草时，决不会碰及这一丛草。那微斜的门口，被它仔细耙扫，收拾得很干净；这就是它们的平台，当四周的事物都很安静时，蟋蟀就坐在这里弹奏它的四弦提琴。

屋子的内部并不豪华，有光着、但并不粗糙的墙壁。住户有很多时间去修理任何粗糙的地方。隧道之底便是卧室，这里修饰得比别处稍微精细，并且要宽大些。大体上讲，这是一个很简单的住所，但非常清洁，不潮湿，一切都合乎卫生条件。从另一方面来说，假使我们考虑到蟋蟀用来掘地的工具的简单，就会觉得这真是一项伟大的工程了。如果我们想知道它如何做的和它什么时候开始做的，那我们一定要从蟋蟀刚刚产卵的时候开始讲起。

我花园中的蟋蟀，已被蚂蚁残杀殆尽，因此我不得不跑到外面去寻找它们。8月，在落叶中的草丛还没有完全被太阳晒枯时，我看到了新生的蟋蟀，它已经比较大了。在这个时期，它过着流浪的生活；一块扁石头，一片枯叶，已足够对付它的需要了。

许多从蚂蚁口中逃脱残生的蟋蟀，现在又做了黄蜂的牺牲品，它们猎取这些流浪者，并把它们贮藏在地下。如果它们提前几个星期掘好住宅，就不会有危险了；但它们从未想到，它们老是守着旧习惯。

一直要等到10月之末，寒气开始逼人时，它们才开始造巢穴。如果以我观察关在笼中的蟋蟀的经验来判断，这项工作是非常简单的。掘穴决不是从裸露的地面着手，而是经常在莴苣叶下——残留下的食物——掩盖的地点。这是来替代草丛的，似乎为了让它的住宅隐蔽，那是不可或缺的。

这位辛勤的矿工用前足扒土，并用大腮做钳子，拔走较大的砾石。我看到它用强有力的后足踏地，后腿上有两排锯齿；同时我也看到把尘土扫清，推到后面，将它倾斜地铺开来。这样，你就可以知道它所有的方法了。

工作开始做得很快。在我笼子中的土里，它钻在底下两个小时，并不时地到进出口来，但往往是向后面不停地扫着土。如果它疲劳了，它便在未完工的家门口休息一会儿，头朝着外边，触须无力地摆动。不久后它又进去，用耙和钳子继续工作。可后来休息的时间渐渐加长了，使我看得有些不耐烦了。

工作最重要的部分已经完成了。洞有两寸深，已足以供暂时的需要了。余下的都是耗时间的工作，可以慢慢地做，今天做一点，明天再做一点。这个洞可以随天气的变冷和身体的肥大而加深变宽。即使在冬天，只要气候还比较温和，阳光照射在住宅的门口时，还是能够看见蟋蟀从里面抛出泥土来的。在春季享乐的天气里，这住宅的修理工作依然继续不已。改良和修饰的工作，总是常常地进行着，直到主人死去。

4月末，蟋蟀开始唱歌了。最初是羞涩而生疏的独唱，不久，就变成合奏乐，每块泥土都开始夸赞它的奏乐者。我乐意将它列于春天歌手之首。在我们的荒地上，百里香的欧薄荷盛开时，百灵鸟如火箭似的飞翔起来，扯开喉咙歌唱，将甜美的歌曲，从空中散布到地上。地上的蟋蟀，就唱歌相和。它们的歌曲单调而无艺术性，但它的缺乏艺术性和它苏醒的单纯喜悦正适合。这里的歌颂，也正是萌芽的种子和初生的叶片所了解的歌颂。对于这种二重唱，我敢说蟋蟀是优胜者。就拿它的数目和不间断的音节来说，就是当之无愧的。飘荡在日光下，散发着芬芳的欧薄荷，把田野染成了灰蓝色，即使百灵鸟都停止了歌唱，田野中仍然可以通过这些淳朴的歌手而传出一曲赞美之歌。

小拇指

[法] 佩罗

古时候有一个砍柴工，他和他的妻子养育了 7 个男孩子。老大还没有 10 岁，而最小的有 7 岁。人们肯定会觉得很奇怪：在这么短短几年里，他们怎么可能有那么多的孩子呢？这就是因为砍柴工的妻子生得太勤，一胎至少生两个呢！

可砍柴工家里很贫穷。7 个孩子给父母增添了很大负担，因为孩子们都还不能自己挣钱谋生。

更让父母发愁的是，最小的孩子非常瘦弱，而且不喜欢说话。父母看他沉默寡言，就把他当作傻子，其实这正是他机智的表现。他个子很矮小，刚生下来的时候竟还没有一个拇指大，所以大家都把他叫做"小拇指"。

这个可怜的孩子在家里净受气，别人也总是把过错推脱给他。然而，事实上他却是兄弟中最机敏的一个。他说得虽少，但听得多。

有一年，年景很差，遍地闹饥荒，很多穷人被逼得抛弃了自己的孩子。

一天晚上，孩子们都上床以后，砍柴工坐在炉边和妻子一起烤火。他怀着悲痛的心情对妻子说：

"你也明白，我们没办法养活孩子了。我不忍心眼睁睁地看着他们活活饿死，所以决定明天把他们都扔到森林里去。这事倒也不难办，趁他们在那里捆柴玩的时候，我们悄悄溜掉就行了。"

"啊，你是要丢掉你的亲骨肉吗？"妻子大嚷道。

丈夫再三向妻子说起家庭的困境，但是都白费口舌，因为妻子无论如何也不同意。尽管她很穷，可她终究是他们的亲生妈妈呀！

然而，要她眼看孩子们活活饿死，又是多么痛苦的呵！经过一番苦苦思想斗争，她只好答应了丈夫，大哭了一场后就去睡觉了。

爸爸妈妈所谈的一切都被小拇指听见了。起初，他躺在床上听他们说话，后来他悄悄地下了床，钻到爸爸坐的凳子底下去偷听，一点儿都没有被他们发现。听完后，他又重新回到床上。这一夜，他压根儿就没有合眼，心想该怎么办。

第二天，他一大早起来走到一条小溪旁，捡了好些白色鹅卵石，装进衣袋里，然后走回家。

一家人一起出了门。而小拇指一点也没有向哥哥们提起他昨晚所听到的事情。

他们走进了一座茂密的森林里。在这里，只要相互离开 10 步远，人们就彼此看不见了。砍柴工开始伐木，孩子们帮着捡树枝，捆树叉。正当孩子们认真干活的时候，爸爸妈妈悄悄地走远了，接着一溜烟拐进了一条小道，跑掉了。

孩子们发觉爸爸妈妈不见了，就大喊大哭起来。小拇指却对哥哥们的哭叫毫不在意，因为他知道可以从哪条路回家——他在来的时候，已沿途撒下了口袋里的鹅卵石。

于是他对哥哥们说："哥哥们，不要害怕，虽然爸爸妈妈丢下了我们，但我可以带你们安全地回家，你们跟着我走就对了。"

哥哥们跟在小弟弟后边，小弟弟把他们从原路领回了家。

到了家门口后，他们都不敢立即走进去，全靠在门上听爸爸妈妈在屋里说了些什么。

砍柴工和妻子回到家里不久后，庄主就给他们送来了 10 元钱，这是他以前欠他们的，他们早就不指望他归还了。现在这 10 元钱又能使他们继续存活了，因为他们可怜得快要活活饿死了。砍柴工马上叫妻子买来了肉。因为他们很久没有尝到肉味了，所以这次买的肉比两人饱吃一顿的还要多两倍。饱餐一顿以后，砍柴工的妻子伤心地说：

"哎，我可怜的孩子们，你们现在在哪里呀？要是你们现在在这里，就能吃上这些好菜了。纪尧姆，这都怪你，是你说要把他们抛弃的。我早就说过的，我们这样做一定会后悔的。现在他们在森林里不知道怎么样了……哎呀，我的天哪，也许他们已经被豺狼吃掉了呀！你真是无情无义啊，就这样把亲生孩子扔掉了。"

妻子不停地唠叨，喋喋不休地说她是怎样有先见之明，又怎样预料到了他们会后悔。丈夫实在听不下去了，终于发火了。他吓唬她说，如果她还不住嘴，他就要揍她了。其实，他心里比妻子更烦恼，只是因为妻子太啰嗦，让他听得不耐烦了。他和很多别的男人一样，喜欢聪明的妻子，可是当妻子真的表现得比丈夫高明时，丈夫就会不高兴了。

砍柴工的妻子继续哭着喊道，"哎呀，我孩子们，我的可怜的孩子们，你们现在在哪里呀？"她越喊越响，喊得使站在门外的孩子们都听见了，于是他们一齐高声叫道："我们都在这里呢！我们都在这里呢！"

她急忙跑去开门，一见到孩子们就边拥吻边说："啊，我亲爱的孩子们，我能重新见到你们是多么高兴！你们一定累了吧？饿了吧？啊，皮埃洛，你身上被弄脏了，快过来，我来给你洗一洗。"皮埃洛是她的长子，她最疼爱他，因为这孩子的头发有点带红棕色，而她的头发也是有点红棕色的。

孩子们进家后，就开始大口吃起来。爸爸妈妈看着孩子们吃得那么香，感到非常开心。孩子们几乎是异口同声地说起他们在森林里遇到的恐怖情景，但亲生骨肉能重新团聚，这是多么的高兴！只要这 10 元钱没有用完，这种欢乐就可以继续存在下去。

但是，这点钱还是花光了，一家人又陷入往日的忧虑中。父母只好决定再次把孩子们遗弃。为了使这次计划不再落空，他们打算把孩子领到比第一次更远的地方去。

砍柴工和妻子秘密地商量着这件事情，不料又被小拇指听见了。他打算还是用老办法应付。可是，尽管那天他起来得很早，准备去溪边捡石子，却没有成功，因为大门被牢牢地锁住了。在他正急得没有办法时，妈妈给每个孩子拿了一块面包。小拇指想到可以用面包屑代替石子撒在走过的路上，所以就把面包装在了口袋里。

这次父母把孩子们带到了森林里一处树叶最浓密、光线最阴暗的地方。他们一到那里就绕了个弯，丢下孩子们跑掉了。

小拇指发觉后并不担心，因为他以为有面包屑撒在地上就可以像上次一样很容易认出原路，不料他惊讶地发现，地上连一点儿面包屑也找不到了——鸟儿们飞来把它们全都吃光了。

这下可苦了孩子们了。他们渐渐迷失了方向，越走越进入了森林的深处。黑夜降临了，又刮起了可怕的大风。他们听到四周都是狼嗥，就好像这些狼正朝他们猛扑过来，要把他们一口吃掉。他们几乎不敢回头观望，也不敢说话。刹那间又下起了倾盆大雨，凉飕飕的雨水直刺他们的骨髓。每走一小步都要跌倒在泥浆里，沾满一身的污泥，然后爬起来继续走。两只手也完全地不由自己控制了。

小拇指为了了解周围的情况，爬上了一棵大树，向四周眺望。他发现在离森林很远的一处地方，闪烁着烛火般的亮光。但是一旦从树上下来后，又见不到了亮光，他觉得很懊恼，就和哥哥们一起朝亮光的方向走去，最后在森林的尽头终于找到了那座发出亮光的屋子。

孩子们敲了敲门，一位善良的妇女从屋里走出来，询问他们来干什么。小拇指对她说，他们是一群在森林里迷路了的可怜的孩子，恳求她怜悯他们，允许他们在这里借宿。她看到孩子们个个都那么可爱都那么让人喜爱，不禁哭了起来：

"哎，可怜的孩子们，你们知道这是个什么地方吗？这是吃小孩的妖精的家里呀!"

"啊呀,大妈,那我们该怎么办呢?"小拇指一边说,一边像哥哥们一样浑身发抖,"如果你不让我们在你家过夜,那森林里的大灰狼肯定也会把我们吃掉。要是这样,还不如让大伯把我们吃掉呢!但是,我想如果你去向他求求情,也许他会可怜我们的。"

妖精的妻子想:她应该可以瞒着丈夫把孩子们藏到第二天早上。所以就请孩子们进了屋,带着他们到炉边取暖。炉子上正烤着一头全羊,那便是妖精的晚餐。

孩子们刚要取暖时,忽然传来砰砰的敲门声——原来是妖精回来了。妖精的妻子马上把孩子们藏到了床底下,然后走出去开门。

妖精回来便问晚饭做好没有,酒是否已经备下,接着就开始猛吃起来。他吃的羊肉是血淋淋的,但这样好像正合他的口味。

他东嗅嗅,西闻闻,忽然说他闻到了一股生肉的气味。

"你闻到的恐怕是我刚才已经宰杀的那头牛吧!"他妻子说道。

"那我再跟你说一次,我闻到一股生肉的气味了,"妖精斜着眼瞅着他的妻子说,"这里边一定藏着某些东西。"

他说完,便从座位上站了起来,向床边走去。

"啊,这是什么啊?"妖精大喊起来,"你还想骗我,你这该死的臭婆娘!我怎么当初没有把你也一起吃掉呢!真是便宜你了,你这个老畜生!哈哈,这批野味来得真凑巧啊,正好可用来接待这几天要来拜访我的三个朋友呀。"

接着他把孩子们都从床底下揪出来。可怜的孩子们都跪在地上求饶,然而,站在他们面前的竟是妖怪中最残忍的一个,他不但没有一丝可怜他们,反而两眼瞬间露出凶光,仿佛要把他们立刻吃掉。他还对他妻子说,要是能配上一些更好的佐料,那将是非常可口美味的佳肴了。

妖精拿来一把大刀,另一只手提着一块磨刀石。在孩子们身边凶狠地磨起刀来,然后他就一把抓起其中一个孩子的胳膊,准备下手了。

"你要干什么呀？难道等到明天早上都不行？"他的妻子赶忙说。

"住嘴！"妖精说，"今天就宰了他们，明天的肉才会更嫩了。"

"可是，你不是还有那么多肉没有吃完吗？你看，这里有两只绵羊，一头小牛，还有半头猪。"

"那好吧！"妖精说，"先让他们吃点饭吧，免得给他们饿瘦了，然后叫他们都睡觉去。"

这个好心的大妈暗自欢喜，给孩子们摆上了晚饭。但是，由于惊恐，他们一点儿也吃不下去。这时候妖精就开始在别处喝酒，他一想到有这么美味的珍品可以拿来招待朋友，心里很高兴，放开肚子竟比平时多喝了十多杯，最后喝得迷迷糊糊，就睡觉去了。

妖精一共有7个女儿，而且她们还都是孩子。并且这些小妖们跟她们的爸爸一样，都爱吃新鲜的生肉，因此脸色非常美，却长着圆溜溜的小灰眼睛、大嘴巴和钩鼻子，牙齿又尖又长，每颗牙之间距离很大。她们还不算非常残忍，可是他们正在朝这方向发展了，因为她们已经咬了一些小孩，吸过他们的血了。

她们已经睡了。7个人拼在一张大床上面，每个人头上都戴着一个金色的花冠。这个房间里还有一张同样式的床，妖精的妻子就让这7个男孩睡在这张床上了。她安排完毕之后，就回到丈夫那去了。

小拇指注意到了7个小妖的头上都戴着美丽的金冠，他又想到妖精并没有把他们当晚杀死，很有可能会后悔。于是他半夜就起床，把6个哥哥和自己的便帽摘了下来，轻轻地戴到那7个小妖的头上；同时把小妖的7顶金冠戴到了哥哥们和自己的头上。这样，万一妖精来到这，就会错把他们当成他自己的女儿，而把自己的女儿当成他想要杀死的那些男孩了。

果然不出所料：妖精半夜醒来后，懊悔自己没有把孩子们杀掉。于是他立刻跳下床来，拿起了大砍刀，边走边说："去瞧瞧这些小家伙们，不要再犹豫不决了。"

他摸索着来到女儿的房间里，先走近男孩的床边。床上除小拇指外，别的孩子都已经睡着了。妖精伸手去摸孩子们的脑袋，吓得小拇指魂不守舍。妖精一触摸到金冠，忙说："啊，险些闯下大祸，昨晚我是真的喝多了。"

接着他走到了女孩们的床边，摸到她们头上的便帽。

"哈哈，这批好货全在这儿呢，"妖精说，"那就放手干吧！"

说完后，便举起大刀咔嚓一下就砍死了他的7个女儿。他干完之后非常满意地就又去睡觉了。

小拇指一听见妖精打起呼噜来，就立刻叫醒哥哥们，叫他们赶紧穿上衣服，跟着他一起逃走。兄弟们于是蹑手蹑脚地走到花园里，越过围墙，一直向外跑去了。

他们一路战栗着，跑了几乎一个通宵，也不清楚走到什么地方了。

第二天一大早，妖精醒来后就对妻子说："上楼把昨天那批货给煮了吧。"

妻子听错了他的话，以为他是叫她去给孩子们穿好衣服，便对丈夫突然变得如此好心感到很惊奇。

她一上楼就被吓坏了，只看见她的7个女儿已经躺在血泊里，她顿时便晕了过去（一般女人遇到这种情况都会这样的）。

妖精怕他的妻子做得太累，就亲自上楼去帮她。他一见到这样的场面，也惊呆了。

"啊，这是我干的吗？"他于是大叫起来，"我一定要跟这帮坏蛋算账，并且立刻就算！"

他马上往妻子脸上立刻泼了一盆冷水，她于是苏醒过来。

"快去把我的七里靴拿来，"妖精对妻子说，"我马上就去把他们追回来。

妖精说着就出发。他朝四面八方奔了一阵以后，最后朝着孩子们逃跑的那条路奔去。

可怜的孩子们就只差100多步就能立刻到家了。他们却看着妖精翻过了一座座山，看到他越过大河像跨过小溪那么容易。小拇指发现有一个岩洞，于是让哥哥们藏在里边，自己则躲在洞口，注视妖精的动静。

妖精徒劳地跑了很多路，累了，想休息一下（因为穿七里靴走路是非常费劲）。他正好坐在孩子们藏身的那块岩石上休息。他极度的疲倦，不一会儿他就睡着了，发出了雷鸣一样的鼾声。这可怕的鼾声吓得孩子们心惊胆战，他们感觉到跟那次妖精要提刀杀他们时一样的害怕。

小拇指仍然比较沉着，他于是叫哥哥们趁妖精睡着的时候赶快逃回家去了，不必为他担心。哥哥们听从了他的话，很快就回到了家里。

小拇指走近到妖精的身旁，轻轻地脱下了他脚上的七里靴，并且穿到了自己脚上。靴子本来是又宽又大，但因为它是一个魔靴，能够随脚的大小而去伸缩，所以小拇指一穿上也就觉得正好了，仿佛定做的一般。

他穿上靴子一直跑回到了妖精的家里。妖精的妻子正坐在 7 个女儿的身旁伤心地哭泣。

"你的丈夫已经遇险了，"小拇指于是对她说，"他被一伙野蛮强盗给抓住了。他们说如果他不把全部自己的金银都献给强盗，他的性命就不保了。正当强盗把刀架在他脖子上的时候，他见到了我，请求我前来告急，并说通知你把家里全部财宝都交给我，一点儿也不要留下，否则强盗就会毫不犹豫地将他杀掉。因为事情特别紧急，他就让我穿上他的七里靴赶到这里来，你看，靴子就穿在我的脚上。这样不但可以让我跑得更快，而且你也就不会怀疑我是一个骗子了。"

妖精的妻子听了这些话后，失措惊惶，马上去把她收藏的全部财宝全部交给了小拇指。那妖精尽管要吃小孩，但是对她来说还是个好丈夫呀。

小拇指拿着妖精的家里全部财宝，回到了家里，受到了一家人快乐地欢迎。

（倪维中　王晔　译）

塞根先生的山羊

[法] 阿尔封斯·都德

塞根先生的运气可真是不好啊，他养的那几只山羊全部弄丢了。这些羊虽然是一只一只地丢的，可是丢时的情况却是完全相同：早上，山羊是把脖子上的绳子全部给弄断，然后再跑到高高的山顶上，在那儿就被狼吃掉了。尽管山上的狼群是非常可怕的，而主人却是如此细心地照料着它们，可这些羊竟然还是逃了。这是因为它们爱自由，它们爱大自然。为了这些，它们是可以不惜任何代价的。

塞根先生是一个正直的人，可是他却一点儿也不了解山羊的想法。所以他着急地说道：

"唉！真糟糕，这些羊已经在我家里呆腻了。我是一只羊也养不住啊！"

但是，他却并不因此灰心。当他在同样的情况下，丢了 6 只山羊之后，他于是又买了第七只。这一次，他买的是一只刚刚出生不久的小羊羔。因为他想，如果羊从小就会习惯在他家生活，也许它就不会再跑掉了。

这只小羊长得是多么漂亮呀！你看，它的眼睛是如此温柔；它的蹄子又亮又黑，头上的两个犄角还带着花纹呢。再加上那一撮白色小胡子，真神气。它的毛又长又白，好像穿着一件皮外套一样。这只小羊不但很漂亮，而且还非常听话。主人挤奶的时候，它就一动也不动地待着，也从来没有踢翻过盛奶的小瓶子。它是多么的讨人喜欢啊！

在塞根先生家的后院中，有一个漂亮的小园子，周围也种满了山楂树。塞根先生在那儿挑了一块草长得最好的地方，而且钉上一根木桩子，然后再把小山羊拴在了木桩子上。他把绳子留得长长的，这样可以使小羊在很大的空间中散步。他还不时地走来看看小羊生活得是不是好。在他看来，小山羊的日子过得非常幸福，它安闲地吃着草。塞根先生这一次真是非常得意。于是他说：

"一次可真好了，终于有一只羊在我家里能待住！"

塞根先生想错了，不久他的第七只小羊也觉得烦闷。

有一天，小羊看着远处高高的大山，自言自语道：

"能够待在那山顶上该有多好呀！如果没有脖子上的这根该死的绳子，我就能够到山上的小树林里去跳啊，跑啊，蹦啊，那该是多么好玩！把牛和驴拴在这个园子里吃草还说得过去，可是对于山羊来说是不行的，它们一定要到更广阔的地方去。"

从这时起，小山羊就觉得园子里的草再也没有了味道。它于是便一天天消瘦下来，奶也日益减少。它的头无时无刻地朝大山那边眺望着，但是脖子上的那根绳子却一直拽住它，它就只好张开鼻孔咩咩地叫。看到这种情况，真有点儿让人感觉可怜呢！塞根先生有一天发现他的羊有点儿不对劲，可是他又不知道它究竟出了什么事。一天的早上，他刚刚挤完奶，小山羊就回过头来用羊的语言对他说：

"塞根先生，请你听着，我在你家已经待不下去了。我越来越消瘦了，你就让我到山上去吧！"

"上帝，它也是这个样子啊！"塞根先生听了这话之后又怕又惊，把奶盆都掉在了地上。过一会儿，他一屁股坐在草地上，并坐在了小山羊的旁边：

"你是怎么了，布朗盖特，你是想离开我了吗？"

"是的，塞根先生。"小羊布朗盖特回答道。

"你是觉得这儿的草不好吃吗?"

"不是,塞根先生。"

"那是不是你嫌弃拴在脖子上的绳子太短了呢?我可以给你再放长一点儿好吗?"

"不需要了,塞根先生。"

"那么你想要什么呢?你想怎么样呀?"

"我只想到山上去,亲爱的塞根先生。"

"可是,难道你不知道山上有狼吗?要是它来了,你该怎么办呢?"

"要是狼来了,我就用犄角顶它几下。"

"狼是绝对看不起你的犄角的。它已吃过很多母山羊,那些羊的犄角比你的可要厉害多了。你不是听说过老山羊赫纳得吗?它去年还在这里呢。它结实又凶狠,简直像一只公羊。可那一次,它和狼斗了一整夜,到了早上,它还是被狼吃掉了。"

"唉!可怜的赫纳得……不过,没关系,塞根先生,您还是允许我到山上去吧!"

"天哪!对这些羊,该怎么办才好呢?狼又可以吃掉我的一只羊了……不,不,尽管你这个小东西不愿意,我还是会救你的。我怕你把绳子给弄断了,我索性就把你关进羊圈里。这样你就跑不掉啦。"

塞根先生把小羊带到圈里,然后把门锁好。可是,不幸的很,他忘了关好窗户。等他一转身去,小山羊就从窗户里逃出去了……

小山羊布朗盖特终于来到了山上,它高兴极了。对于它一切都是那么新奇:它从来没有看见过这么漂亮的老松树。而且大家像接待王后一样地接待它:高大的栗树把腰弯下来,用树枝轻轻地抚摸它;黄色的金雀花瓣也都张开了,它们散发出阵阵清香……整个山上都像过节一样欢迎小山羊。再也没有绳子,再也没有木桩,再也没有任何东西能妨碍它了。小山羊尽情地跳啊,跑啊,尽情地啃着山上的青草……啊!那边还有更好的草,几乎有1000种。那草长得真高,竟和小羊的犄角一样高,又嫩又细又新鲜，这完全不同于塞根先生园子里的草。你看！那边还有花儿呢：这是又大又高的蓝色桔梗花，那是紫色毛地黄花……在这一片花的海洋里，每一种都饱含着醉人的花汁呢！

小山羊真的陶醉了。它四脚朝天地躺在舒服的草地上；落下来的树叶和栗子在山坡上铺上了厚厚的一层。小山羊沿着山坡打着滚儿，是多么舒服啊！突然，它又站了起来，伸着头向前跑去。穿过灌木林，越过小树丛，不一会儿就跑到山尖儿上，一会儿又跳到了深沟里，一会儿上，一会儿下，到处跳，到处跑，你大概会认为，这山里至少有 10 只塞根先生的山羊！

小布朗盖特，它一点也不知道害怕！

在它穿过一道流得很急的小溪的时候，它用力地一跳，脚下溅起很多水花儿和尘土，把它身上都弄湿了。小山羊找到一块又光滑又平的大石头，躺在上面晒太阳……它一会儿又跑到了半山腰的一块平地上散步，悠闲自在的，嘴里还叼着一片金雀花的叶子……忽然，它远远地看见在山下的平原上，有一座房子，后边还有一个小园子。啊！那不就是塞根先生的家吗？这时候，小山羊觉得它是那么地可笑，它大笑起来，最后连眼泪都笑出来了。他想：

"你看，他的家原来是那么小啊！以前我怎么会在那里边待那么长时间呢！"

可怜的小家伙，你是忘了你站在这么高的地方往下看呀！可是小山羊呢？这时候觉得自己至少和世界一样大了。

总的来说，这一上午过得实在太好了。到了中午的时候，小山羊遇到了一群羚羊。它们正在用尖利的牙齿吃着野葡萄藤。穿着白裙子的小山羊有点儿嘴馋了，于是这些友好的羚羊们就把最好的那一部分送给了它吃。

突然，吹来一阵凉风，这时山已都变成了玫瑰紫色。啊！傍晚的时候到了。

"难道一天就已经过完了？"小山羊惊奇极了，它不再跑下去，停了下来。

　　山下的田野已隐没在薄雾之中，塞根先生的小园子也在雾里消失了。只见在那小小的房顶上飘着一缕缕炊烟。小山羊听见叮叮当当的铃声，牧人赶着牲口回家去了。小山羊忽然觉得难过和寂寞起来……一只老鹰飞过，翅膀从小山羊身上轻轻擦了过去，小山羊害怕了……"嚎！嚎！"深山里传来长长的吼叫声。

　　小山羊忽然想到了狼。这一整天，它都没有想过这件事呢！这时候，山下响起了号角声。这是塞根先生为小山羊吹的，他在召唤小山羊赶快回家去呢！

　　"嚎！嚎！"狼又叫了……

　　塞根先生的号角对小山羊说：

　　"快回来吧！快回来吧！……"

　　布朗盖特本是想回去的。可是一想到那木桩子和拴在脖子上的绳子，还有那园子边上的篱笆，它就再也不愿回去再过那拘束的生活了。它宁愿留在这大山上……

　　最后号角不再响了。

　　小山羊听见身后的叶子沙沙作响，转身一看，树影下边有两只又短又直的耳朵，还有一双闪亮的眼睛……啊，这不正是狼吗！

　　狼一动不动地坐在地上，两只眼睛死盯着小山羊，好像正在品尝羊肉的鲜美味道。因为它知道它一定可以吃到小山羊的，所以一点儿也不着急。等小山羊一转身，大狼就狡猾地笑了起来："哈哈……又是塞根先生的小山羊！"说完，伸出那又粗又红的舌头就舔起嘴唇来。

　　布朗盖特觉得一切都要完了……可是这时候，它一下子又想起了那只老山羊赫纳得的故事。那只老母羊跟狼苦斗了一整夜，最后到了早上才被狼给吃掉的，而不是马上就被吃掉。布朗盖特觉得有可能让狼马上吃掉更好一些……可是，它又立刻改变了主意。小山羊开始自卫，它把头低下，两个犄角朝前竖着准备开始战斗。这才像塞根先生的勇敢的山羊啊！……

它倒不是希望能顶死那只狼——羊是杀不死狼的，它只是想试试，看能不能和赫纳得坚持一样长的时间……

时间一分一秒地过去，小山羊一直用它的犄角战斗。啊！勇敢的小羊！有好几次，它把狼逼得不得不往后退去喘口气，而就在这休战的一刹那，贪吃的小山羊急忙回过头去吃一口鲜嫩可口的青草，然后马上又回过头来，把嘴塞得满满的，又重新开始战斗……就这样，熬过了一整夜。小山羊还不时地抬起头来，看看那些在晴朗的夜空中闪烁的小星星，然后，自言自语道：

"只要我坚持到天亮就可以了……"

慢慢地小星星一颗一颗地消失了。布朗盖特加倍鼓起勇气，一下一下地顶过去，狼张开嘴，用牙齿一下一下地搏斗着……地平线上出现了第一缕阳光，村庄里传来了公鸡的啼叫声。

"结束吧！"可怜的小山羊绝望地说。它已不想要等到天大亮再去死，因此，它躺倒在地上，那美丽的白外套上沾染着斑斑血迹……

这时，狼扑过来，把小山羊给吃掉了。

三只乌鸦

[法]　阿尔封斯·都德

　　两支军队激战了整整一天。到了晚上后，天空、大地和周围的一切都还在动荡：大炮吐出的热气在浓云笼罩着的村庄上头浮动，空气里像暴风雨后的大海一样，充满了回浪和漩涡。这一整天里可怕的震动，人们好像还能感觉到似的。大地全都被雪覆盖着，它从冬天的沉睡中被惊醒了。车轮从它的身上缓缓滚过去，留下一道道深坑和沟壑；到处都是战败的兵马后退时留下的脚印。

　　灾难深重的耕地啊！在那冰雪覆盖的田垅上，到处都躺着战死者的尸体。他们的灰色军大衣上满是褶皱——那都是临死之前打滚挣扎时留下的。有的仍举着手，躺在沟里！有的僵直的腿还伸在沟外——挣扎时被脚蹬起来的那一堆土也还留在那里。

　　地上躺着一个年轻的士兵。他苍白的脸正对着铅灰色的天空，两只手上沾满了泥巴；军大衣被子弹打出了好多洞。那是一场十分激烈的战斗：当他在枪林弹雨中倒下的时候，他的同伙们都以为他已经死了。可是，其实他还活着。他用他仅有的一点儿力气大声地呼喊，可是他能听到的回答只有同伴们的抱怨声和临死前的喘息声……

　　在大炮的火光、机枪的吼叫和白刃搏斗之后，他实在太疲倦了，寒冷和疼痛已使他麻木了。沉重而平静的大地对他好像有一种强吸引力，他躺在地上，不顾一切地，准备睡在这里或者在这里安静地死去。

这时候，在遥远的地平线上，有几个小黑点儿向他移动过来，而且变得越来越大。最后，他终于看清楚了，原来是三只乌鸦正在觅食，它们一动不动地盘旋在他的头上，眼睛正窥测着他。

一场激战之后，在混乱和动荡的气氛仍没有完全消失的时候，人们几乎察觉不到乌鸦的翅膀在抖动，能使人感到的是，这是三面画着黑乌鸦的战旗在空中飘舞。

"它们是为了我来的？"受伤的士兵自言自语道。当他看见三只黑乌鸦从空中飞下来，降落在一个离他只有几步远的小山岗上的时候，他害怕得浑身颤抖了。

不过，其实这几只乌鸦倒是很漂亮的：又大又肥，浑身发亮，大概是吃得太好了，所以它强健的翅膀上，一根羽毛都不少。当然，这些乌鸦都是生活在战场上的！

对，它们很喜欢在这里生话。不过在激仗的时候，它们飞得很高，离得很远，子弹是完全打不着它们的。只有当大批的士兵久留在一个地方，或者在一场大灾难之后，受伤的人和死了的人都混在了一起，分不清楚的时候，它们才会落下来。

的确，这几只乌鸦都带着神气而高贵的样子。它们用它们的喙互相问候，然后用各自尖利的爪子在被鲜血染红了的雪地上抓出一道道深深的沟痕，来显示自己的威力。当它们炫耀过后，就会低声地呱呱叫，眼睛一直不肯离开这个受伤的战士。

"亲爱的表弟，"其中一只乌鸦对另一只说道，"我叫你来这里，就是为了这个受了伤的法国士兵，你看，他现在就在那边，离我们不远。这个骄傲的小士兵，真是出奇的勇敢，可是他一点儿也不小心，也不去动脑子思考。你看看他的军大衣，你数数那上面有多少被子弹打穿的洞，要多少颗子弹才能把他打倒在地上啊！"

"我的表弟，这可是一个不错东西！要是你喜欢的话，咱们把他分着吃了吧！不过还要再等一等。虽然他的武器已全被打坏了，也没有戴帽子，看起来两只脚也动弹不了啦，可是一旦他醒过来，那还是会很可怕的……"

说话的这只乌鸦正是三个家伙中最肥的一个。它那钩形的喙又尖又厉害！另外两只乌鸦就落在比较远的地方听它说话。

"好哇！好哇！那咱们就把他分了吃吧！"

小战士，它们在说什么？你听到了没有？难道你的心脏真的不再跳动了吗？

你说话呀！你说话呀！你要大声地对它们说：尽管你受伤流血了，可是血液仍在流动……

假如说你真的死去，那么那三只窥视着你的贪吃的乌鸦一说完话，就会扑啦着翅膀，落到你的身旁，到了那时候，你的身子就连颤抖也都不可能了。

可怜的小法国士兵！乌鸦却快要把你一块块地瓜分了！然后它们之间肯定还会互相争夺你，最后它们连你大衣上的扣子也会抢走。因为这些掠夺成性的乌鸦，它们会敛走所有贵重的东西，哪怕这些东西在血液里藏着，它们也决不会放过！

三只乌鸦悄悄地接近受伤的小士兵。那只脸皮最厚的乌鸦，冒险去啄他的手指。这一次，小士兵彻底醒过来了，而且浑身颤抖起来。

"他没有死，他还没有死……"这几只胆怯的乌鸦说着，又急忙跳回到原来的小山岗上去了。

啊！不，法兰西的小士兵竟没有死！你看，他又抬起了头，心中燃烧的怒火使他的神志清醒一点儿了。他的眼睛又开始有神了，鼻孔又开始出气，他呼吸更正常了，情况也不那么严重了。

冬天的太阳，在这片血腥的土地上洒下了苍白而又透着紫色的光线，小士兵欣赏着慢慢落下的太阳和渐渐消逝的光线。可是，他却把这光线看成是黎明前的曙光。你看那边，正是这光线带来的温暖使田野里的冰雪融化了，一小撮细嫩的绿油油的麦苗，也已经从地面上露出来……

噢！真是生命的奇迹！受伤的士兵觉得自己又复活了。他把两只手撑在祖国的土地上，试着站了起来。而远处，三只乌鸦正在窥视着他。当它们看到他费劲地在身边寻找他的武器的时候，三只贪吃的乌鸦一齐张开了翅膀，朝充满黑暗的北方飞走了。

可以听到乌鸦的翅膀互相碰击的响声，它们又气又怕，仓皇地离去了。

可以说，强盗们都没有占着丁点便宜，它们彼此埋怨，互相争打着逃走了。